Fan
ファン文庫

おちこぼれ退魔師の処方箋
常夜ノ國の薬師

著　田井ノエル

JN131356

マイナビ出版

目次

第一章　鴉との商談

1

椿の花が落ちた。

ぽとり、と。

その様は、まるで首が落ちるようだから、病院のお見舞いには向かないと聞いたことがあった。

たしかにその表現は適切である。と、阿須澄咲楽《あすずみさくら》は他人事のように考えた。

もっとも、多くの病院では衛生面や片づけの観点から生花《せいか》自体が持ち込み禁止になっているらしい。普段、小説ばかり読んでいるため、こういう無駄な知識ばかり増えてしまう。

咲楽は手にしていた文庫本に視線を落とす。裏表紙に貼られた学校の図書室のシールをつい指先でなぞりながら、読み進めていった。

真冬の風が寒いけれど、慣れている。

公園のベンチでの読書は咲楽のささやかな日課だった。図書室で借りてきた本を、暗くなるまで読んでから帰宅する。最近はスマホで電子書籍を読む人も多いが、あいにく、咲楽には買い与えられていない代物だ。

吐く息が白い。

咲楽は肩で切りそろえた髪を片耳にかけながら、ページをめくる。時計は持っているけれど、気にしない。

一人暮らしなので帰りが遅くなっても問題なかった。加えて、冬は日照時間が短く、暗くなるまで過ごしても、たいして遅くならない。気がついたら補導される時間になっていた、という心配もなかった。

「あれ、阿須澄さん？」

急に苗字で呼ばれて、咲楽はビクンッと肩を震わせた。

とっさに顔をあげると、見覚えのある人物がこちらをのぞきこんでいた。咲楽は身構えて、つい文庫本を閉じてしまう。

相手は相手で、警戒とも呼べる咲楽の過剰な反応に驚いているようだ。

「どうしたん？　大丈夫？」

見覚えはあるけれど、誰だったか。

咲楽は急いで記憶を辿る。

ああ、そうだ。クラスメイトの女の子だ。しかし、今年の春からずっと同じクラスなのに、すぐに名前が思い出せない。

「あ……その……」

どうしよう。

咲楽は唇を震わせた。寒いわけではない。

どうすればいいのか、わからないのだ。

クラスメイトは、きちんと咲楽の名前を覚えている。けれども、咲楽には彼女の名前がわからなかった。極力、他人とは関わらないように過ごしていたせいだ。普段から絶対に目立たず、空気のようでいようと努めている。

こういうとき、どうやって他人と接すればいいのか、わからない。

「ごめんなさい……わからないんです……」

「え、ちょっと？　阿須澄さん！」

気がつくと、咲楽は脱兎《だっと》のごとく逃げだしていた。学校指定の黒いショルダーバッグを引っつかむ。中身が揺れてぐしゃぐしゃになっているかもしれないが……それよりも、咲楽は他人との関わりを避けたかった。

アスファルトに落ちた椿の花びらを踏み散らしていく。

咲楽は気にせず、自宅のほうへと走った。さすがに、あとを追っては来られないようだ。

当然である。彼女と咲楽は友達でもなんでもない。ただ通りがかりにクラスメイトを見つけて、声をかけただけだろう。

特に意味はない。

咲楽自身に意味がなく、価値もないように。

2

「あ」

ひとしきり走ったあとで、咲楽はふと足を止めた。

「……渡辺《わたなべ》さん……」

先ほどのクラスメイトの名前を思い出したのだ。

遅すぎる。

明日、学校でなにか言われるだろうか。そのとき、なんと答えよう。お腹が痛くて、トイレに急いでいた。そんな白々しい言い訳しか浮かばない。

自分は、どうしていつもこうなのだ。咲楽は自己嫌悪に陥るが、改善策を思いつかない。

素直に名前を聞けばよかった。

適当に話を合わせておけばよかった。

後悔が胸に湧いてくる。だが、一方で、「渡辺さんには悪かったけれど、これから何度も話すわけでもないから……」とも思えてきた。

自分には関わりがないし、関わらないほうがいい。

咲楽は自身が〝特殊〟な人間でありながら、その生まれた環境に馴染めなかった異物である。そして、クラスメイトたちとも〝違う〟のだという自覚があった。

半端者だ。

何者にもなれない。咲楽は半端者で、おちこぼれ。

「クソが。余所見《よそみ》したわあ……」

誰もいないと思っていたのに、近くで誰かの声がして、咲楽は肩を揺らした。

今度は誰だろう。周囲を見回して確認する。

しかし、人間の姿は見当たらなかった。

気のせいかな。そう思った直後に、咲楽はざわりと嫌な予感を覚える。

ビルとビルの間にできた狭い路地。

人なんて通れそうにない、道とも言えぬ隙間に……それは、はさまっていた。

「あーああ。俺っち、このまま死ぬのかねぇ……？」

ぼんやりと明るい……提灯《ちょうちん》のようだった。丸くて赤い提灯が、路地にはさまっている。

ビリッと真ん中で裂けているのが、大きな口のようだった。いや、これが口なのだと思う。独り言のようなつぶやきにあわせて、裂け目が開閉していた。

この提灯があげた声らしい。

「あなたは――」

つい話しかけたあとで、咲楽はハッと口を噤《つぐ》む。

これは、魔者《まもの》だ。

あやかし、妖怪、怪異、もののけ……様々な呼ばれ方をするが、〝咲楽の家〟では、魔者と呼んでいた。

常夜《とこよ》ノ《の》國《くに》に住み、人間を脅《おびや》かす者どもだ。

絶対に関わってはいけない。咲楽は耳を塞ぎ、顔をそらした。これは、咲楽が相手をしてはならないものだ。

した。


「あん？」

だが、魔者のほうは咲楽に気づいてしまった。

路地にはさまったまま、咲楽をじろじろとながめている。咲楽は気づかないふりを
「あー……やっぱ、俺っち死ぬのか……」

提灯は大げさな声で、嘆きはじめた。

咲楽は提灯に目を向けてしまう。

大きな裂け目のできたオンボロ提灯。ところどころに穴が空いており、中の灯も小さくて弱々しい。

咲楽は目を凝らしてみた。

こうすれば、視《み》えるのだ。

魔者は自分の体に妖力を蓄えている。咲楽の目には、それがぼんやりと色のついた靄《もや》で視えた。

これくらいなら、できる。

〝おちこぼれ〟の咲楽にも。

「動けねぇのに、退魔師《たいまし》に見つかっちまったあ。さすがにもう駄目かねぇ！」

提灯は大声で嘆いていた。けれども、あまり悲観しているように聞こえない。どこか他人事で、楽観的に感じた。

「わたし、退魔師じゃないですよ……」

「嘘だわな。向こう側ならともかく、現世《うつしよ》で俺っちの姿が見えるのは、退魔師くらいなもんだ！」

ああ、そうだった。と、咲楽は自分の失言に気がついた。

咲楽は〝おちこぼれ〟だが、普通でもない。

いわゆる、半端者である。

「……大丈夫、ですよ……」

咲楽はおそるおそる口を開いた。

本来はよくない。魔者と言葉を交わすのは、禁止されている行為だ。

けれども、咲楽は周囲を見回した。そして、隙間にはさまった提灯に両手で包むように触れる。

今なら、誰も見ていない。

「あん？　おいこら！　さては、俺っちのことを炙《あぶ》って喰《く》ったり、実験ってのに使ったりするんじゃあねぇよな⁉」

提灯はバタバタと口を開閉させて暴れた。

「だから、大丈夫です……わたし、退魔なんてできないので……」

断りながら、咲楽は隙間から提灯をていねいに外してやる。

「わたしは、おちこぼれなんです」

「あん?」

提灯はガラの悪い口調で返答する。だが、その灯は今にも消えそうだ。

彼の妖力は、ほとんど尽きている。オンボロに見えるのは、これが怪我だからだろう。なにがあったのかは知らないが、この提灯は死にかけているようだ。

「わたしは、退魔師になれませんでした」

退魔師は、読んで字のごとく、魔を退ける者だ。魔者を祓《はら》い、清める能力を持つ人間のことだった。

咲楽は退魔師の家系に生まれたのだ。阿須澄の人間には、多かれ少なかれ、退魔師の素質がある——はずだった。

けれども、咲楽にはその才がまったくない。

それどころか——。

「あん?　あら?　ほーう?」

自分の身にふりかかった現象に、提灯が声をあげていた。不思議そうに咲楽を見ている。

消えかけていた灯に、ボッと勢いが戻る。穴だらけだった提灯の体は、和紙を貼り替えたかのように、綺麗になっていった。ビリビリに裂けた口だけがそのまま残り、本人も「ええ？　なんだこれぇ？」と、不思議がっている。

咲楽には、退魔の力がなかった。

生まれつき持っていたのは……魔者を癒《い》やす力である。

退魔師なのに魔者を祓えない。それどころか、癒やしてしまう。そんな咲楽の存在はイレギュラーで、一族から邪険にされていた。

家からも追い出され、一人暮らしをしている。生活費は仕送りされているが、事実上の追放だ。一昔前だったら、間引《まび》きと称して殺されていたかもしれない。

現在、退魔師の数は減りつつある。能力の強い者が少ないのも原因だが、そもそも危険な仕事でもあった。

この力も、本当は使ってはいけない。

だが……駄目だった。妖力が弱く、消えかけている魔者を見ると手を差し伸べたくなってしまう。

自分にできるのは、これくらいしかないから。

咲楽が持っている唯一の力なのだ。

その結果、元気になった魔者に喰われるかもしれない。感謝など期待していないし、こんな人間など気味悪がられる。今までだって、そうだった。

こんなおちこぼれ……むしろ、魔者に喰われて消えてなくなったほうがいいのだ。

「…………っ」

急に体が重くなった。魔者を癒やすと、いつもこうだ。酷い倦怠感におそわれて、しばらく体調が悪くなる。

けれども、今日は普段とは違う気がした。

特に右手の指先が石のように重い。痛みはないのに関節の可動がぎこちなかった。明らかに、今までと異なる。異常だと感じた。まるで、腕だけが鉛になったかのように重い。

どうしてだろう。体が狭い箱の中に押し込められているような……いつもより、息苦しい。

「おいおい、アンタよぉ？」

提灯が小さな体でぴょんぴょこ跳ねた。蛇腹《じゃばら》をバネのように使って動いているのだ。

「このままだと、死ぬぜ？」

「え？」

そう告げられたときの咲楽の頭は、空っぽだった。

本当に、真っ白だ。

「穢《けが》れをためこみすぎてる。そういう性質なんだろうなあ？」

提灯はぴょーんと跳ねて、咲楽の周りを回る。

「え」

咲楽は自分の手を見て、表情を凍らせた。空っぽだった頭に情報が入りすぎて、ショートしてしまう。

右手が黒くなっていた。

日焼けというレベルではない。炭のように真っ黒になっている。それが怖くて、咲楽はとっさに右手を隠した。

「しょうがねぇ……助けてもらったからな。ついてこい」

提灯がぴょんぴょんと跳ねながら、うながした。

「死にたくはねぇだろ？」

死にたくないだろう？

そう問われて、咲楽は躊躇《ちゅうちょ》する。

「…………」

別に、感謝されたくて提灯を助けたわけではない。逆におそわれてしまったって、しょうがないと思っている。そういう気持ちで、魔者の傷を癒やしてきた。

それなのに、死にたくない？

そうではない。

咲楽は、ここから――消えたいのだ。

消えてなくなってしまいたい。

それが自分の望みである。

「早く来いよ」

少し進んだところで、提灯が怒ったように咲楽をふり返る。

このまま反対方向に逃げれば大丈夫だ。きっと、この提灯も咲楽をそこまで追ってこない。

なのに、足が動かなかった。体が怠《だる》いからではない。

咲楽は提灯に誘われるように、前へと歩いていた。一歩踏み出せば呆気ないもので、体はどんどん前へと進んでいく。

　提灯は、咲楽がついてくるのを確認して先を急いだ。繁華街から遠ざかり、狭い道を行く。民家と民家の間を抜けるように、ふたりは歩いた。

　その途中で、咲楽はいくつか魔者の気配を感じとる。けれども、姿は現さない。隠れたまま、こちらを見ているようだ。

「こっちだ、こっちだ」

　提灯に導かれて、咲楽は民家の前に立った。

　普通の家だ。年季の入った庭つきの平屋だった。庭は雑草が多くてプランターの花も枯れている。古い犬小屋には、なにも繋がれていなかった。よく見ると、塀には「売り物件」という看板がかけられている。

　無人のようだ。

　この提灯は、ここに住んでいるのだろうか。

「門を開けろ」

「え……？」

「向こうへ行くんだよ」

　どこへ？　そう思いながら、咲楽は民家の門に手をかけた。黒く塗装された格子状の鉄の門だ。なんの変哲もないが、剝がれた塗装と赤い錆から、長い年月を感じる。売り物件と書いてあったが、鍵はかかっていない。

門はギィッと音を立てながら、内側に向かって開いた。

「なに……？」

そこには無人の民家がある――はずだった。

目の前には、空間を切り取ったように「異界」への口が開いている。

それは「門」と呼ぶにふさわしかった。

鉄でできた民家の門の向こう側に見えるのは、この世とは別の世界だったのだから。

3

目の前の光景に、咲楽は口をパクパクと開閉させる。

この先へ行ってはいけない。そう頭が警告しているのに、知らないうちに前に踏み出していた。

「これって」

にぎやかな明かりが絶えない、どこか異国の市場のようだった。

昼間だというのに太陽はなく、月も星も見えない夜空が頭上に広がる。けれど、至るところに蛍のような小さな光が漂っており、ちっとも暗くない。

各店に灯るランプや松明《たいまつ》の炎も踊っているように生き生きとしていた。

けれども、そのような幻想的な空間など咲楽の目には入らない。両目を見開いた先にいるのは、みな、人間ではなかった。

大きな牙を持った者、顔が動物の者、曲がりくねった角を持つ者、緑や青の肌……その様子は、まさに百鬼夜行《ひゃっきやこう》だ。市場の店主も客も、そろって仮装している。否、仮装ではない。

「常夜市《とこよいち》ってんだ」

いつの間にか、咲楽の隣に立つ影があった。

ギョッとして見あげたが、次の瞬間、咲楽は唖然として口を半開きにしてしまう。

真っ赤な着流しをまとった青年だった。橙色《だいだい》の髪の下で、金色の瞳が咲楽を見おろしていた。手には古くて小さな提灯をさげている。

「さっきの……提灯?」

姿に惑わされてはいけない。彼の妖力を確かめて、咲楽は先ほどの提灯だと断定した。

「提灯なんて、雑なくくりはよしてくれよ? 俺っち、送り提灯っていうんだ。こっちの住人には、案内人とも呼ばれているがね」

送り提灯は、古くから伝わる魔者の名であった。提灯を持たずに夜道を歩く人間の前に現れるという。夜道を照らして人を導くとも、逆に惑わすとも言われていた。

「一応、アンタは恩人なんでね。これから連れていってやるから、あとは自分でなんとかしな」

「どこへ、ですか……？」

「鴉《からす》の店さ」

「鴉？」

送り提灯――案内人はろくに説明もせず、咲楽を手招きした。

ふり返ると、もう「門」は閉じている。このまま帰ることはできそうになかった。咲楽は置いていかれないよう、案内人のあとを歩く。

「そうそう。離れないほうが賢明だ……みんな、アンタに興味津々だからさ」

市場を歩く魔者たちは、例外なく咲楽を観察していた。人間は珍しいのだと、顔に書いてある。

おまけに、咲楽はおちこぼれとはいえ、退魔師の血を引いている。退魔師がひとりで歩いていると知られたら、きっと殺されるだろう。

そう感じると背筋がゾクゾクした。

変だ。消えてしまっても構わない。そんな気持ちで魔者を癒やしていたのに。

「ここって……常夜……なんですよね？」

案内人は、常夜市と呼んでいた。

それは、人間が住む世界――現世には、ない場所だ。魔者たちが住む世界は常夜ノ國、もしくは、常夜と言われる。幽世《かくりよ》や黄泉《よみ》、霊界などとも呼ばれている。

「そう。呑み込みが早くて助かるわ」

「はい……」

咲楽には退魔師の才能がない。退魔の教育はほとんど受けていないが、魔者や常夜について、その成り立ちなど基本的な事項は聞かされていた。

才能がないとはいえ、魔者が見えて癒やしを与える能力を持った人間だ。最低限の知識がなければ、生きてもいけない。

退魔師というだけで、魔者から命も狙われるらしい。

退魔師と魔者の歴史は因縁深いのだ。現世では魔者は異物だ。その排除を担ってきたのが退魔師である。魔者からの恨みも多く買っているだろう。

常夜という世界がありながら、現世の領域を侵《おか》す魔者たちが悪い。そういう原理で退魔師は魔者を祓っている。であれば、今の咲楽は逆の立場だ。油断すれば簡単に殺されてしまう。

「安心しとけ。余所見してなきゃ、すぐに着くさ。余計なものに魅入《みい》られると、ここじゃあすぐに迷っちまう。俺っちは、送り提灯だ。俺っちについて来《く》りゃあ、たいていは迷わないぜ」

「たいてい、ですか」

「はは！　たいていだ！」

大仰に笑いながら、案内人が前を行った。

余所見をしなければ迷わない。案内人の言葉は誇張ではないのだろう。彼についていけなくなれば、もう二度と正しい道には戻れない。そういう意味なのだと思う。

案内人以外は、極力見ないほうがいい。

周囲の景色も目に入れず、咲楽は目の前の魔者に集中した。

ただただ、彼の後ろを歩くのに集中しろ。集中しろ。集中しろ。咲楽は呪文のように頭で唱えながら、足を動かした。

「ほらよ……着いたぞ」

そうやって集中しているうちに、案内人が立ち止まった。

幻想的だがにぎやかで、されど異形のおどろおどろしい常夜市の光景は、もうそこにはなかった。

蛍のような光はここでもゆらゆらと漂っており、真っ暗ではない。

けれども、市場とは明らかに雰囲気が違う。

ポツンと一軒、建物があった。

古いコンクリートが剝き出しになった建物は箱のように感じられる。蔦や苔が茂っていて、とても人が住んでいるようには見えなかった。入り口にはボロボロの提灯が垂れ下がっているが、灯はついていない。

活気のあった市場とは異なり、寂れており退廃的だと感じる。

店というよりも、倉庫という感覚だ。雨風程度は凌《しの》げるだろうが、ここに誰かが出入りする様子が想像できなかった。

「鴉の店さ」

「ここ、お店なんですか？」

咲楽は眉を寄せた。誰かが住んでいるどころか、物を売っているようにさえ見えない。

看板の類も見当たらなかった。

「薬屋さ。魔者の、だけどな」

案内人は軽く言って、古びた木の扉を押した。

ギギギと不快な音を立てながら、両開きの扉が内側に開いていく。

ふわっと風が吹いた気がした。

自然と咲楽の足は前へと進んでいく。

鼻孔をくすぐるのは干した草の匂いだ。それも、漢方や薬膳のような独特な匂いがする。

壁や天井に吊るされた乾燥した植物がなんなのか、咲楽にはわからない。箱のようなせまい部屋には、大小様々なテーブルや棚が並び、いろんな形のガラス瓶や箱が置かれていた。

棚に並んだ瓶の中は乾燥した植物の粉や得体の知れない液体、謎の生物の一部など知らないものであふれている。

「これは、全部薬なんですか？」

咲楽が口を開いた瞬間。

誰もいないはずの部屋の奥で、音がすることに気がつく。

たぶん、最初からそれはそこにいた。

けれども、今の今まで気がつかなかったのだ。だから、忽然《こつぜん》と現れたように感じられてしまった。

「…………」

コポコポと、水が沸騰する音がしている。フラスコのような瓶をアルコールランプで温めている。

その前で長い足を組んでいるのは、人間ではない。

直感でそう思った。

「案内人……なんだい、それ？」

怪訝《けげん》そうにしているのだと思う。

声は男のようだ。

確信が持てなかったのは、彼の顔が見えなかったから——違う。咲楽には、彼の表情がわからなかったのだ。

「困るんだよね。勝手に連れてこられるの。ここは、迷子相談所じゃないんだから」

穏やかな男の声だった。優しくて、春風みたいに落ち着く。

組まれた長い足も、山伏《やまぶし》のような白い装束から見える腕も大人っぽくてスラリとしている。筋肉質ではないけれど、映画俳優みたいにほどよく鍛えられているのだと思わせる体つきだ。

しかし、優しそうな声を出していたのは唇ではなく、真っ黒な嘴《くちばし》だった。

顔が漆黒の羽毛に覆われており、まんまるの眼が咲楽をまっすぐ見つめて離さない。明らかな異形《いぎょう》である。顔だけが人間ではなく、鳥なのだ。頭皮には人間のような髪が生えているのに、顔だけが鳥類である。

彼が鴉だと、咲楽はすぐに理解した。

「そこをなんとか、さ。俺っち、この子に助けてもらったんだよ。ガラにもなく恩返ししってやつさね」

案内人はそう説明しながら、咲楽の肩に手をのせた。

「助けられた?」

「そう」

案内人は明るく饒舌《じょうぜつ》に、咲楽を連れてきた経緯を説明する。鴉は表情がまったく読めない顔で、「ふうん」とうなずいていた。

なんとなく、咲楽の右手に視線が寄せられている気がした。咲楽は制服の袖を伸ばして、自分の手を隠す。右手は先ほどまでと同じく、炭のように黒くなったままだ。おまけに、皮膚に割れ目までできており、そこからポロポロと粉のようなものが落ちていた。

人間の腕とは明らかに違う。

「よく見せて」

そんな咲楽に、鴉は興味があるのかないのか。フラスコで温めていた湯をビーカーに注ぎながら、うながした。湯はコーヒーの色に染まり、香ばしい匂いが漂う。ビーカーにインスタントコーヒーの粉を入れていたのだ。

「…………」

咲楽は戸惑いながら、制服の袖を少しだけまくった。

自分でも、ギョッとする。

黒くなっているのは右手だけではない。更に上のほう。前腕、肘、そして上腕に至るまで、すべて真っ黒だった。服を脱いで鏡を見れば、肩や背中にも確認できるかもしれない。

どこまで広がっているのか見たくもない。咲楽は自分の腕から目をそらした。

「なるほどねぇ。汝《きみ》、よくもまあ、そこまで穢れをためこんだね」

「穢れ……」

「退魔師なのに、知らないの？」

「……わたしに、退魔の力はないので……」

「傷を治す代わりに、魔者の穢れを取り除いて、自分の中にためこんでいるのさ」

「ためこんでる……？」

「穢れは魔者の傷や病から滲《にじ》み出る。それを自分の中に吸いあげることで、癒やしているのが汝の力の本質だ。これだけの穢れをためていたら、他の退魔師も気づくと思うけどね。教えられていなかったの？」

そう問われ、咲楽は視線を泳がせてしまう。

咲楽は魔者や退魔について、基本的な事情は伝えられている。それは咲楽の安全のためだと聞いていた。

だが、穢れについて、咲楽はなにも知らない。

……ああ、そうか。

「聞かされていなかったんだね、かわいそうな話だ」

鴉の言葉で、腑に落ちた。

咲楽はいらない人間だ。穢れをためこんで、そのまま死んでもいいと判断されていた。

そういうことだと、理解する。

どうせ、今更知っても意味はない。家族から受ける咲楽への低い評価は、今にはじまったことではないのだ。

むしろ、知れてよかった。

自分は消えていなくなっても、いい人間だと確認できたのだ。

「たしかに、案内人の選択は正しいな……唔《ぼく》なら、その穢れを除いてあげられる」

「え？」

今日、「え？」と何度言っただろう。そのたびに、咲楽は同じ顔をしていたと思う。

「汝を助けてあげると言っているんだよ」

「助ける……？」

「ただし、案内人と違って残念ながら唔は汝に恩はない。条件をつけたいと思うんだけど」

鴉は得意げに腕を組んだ。

「見てのとおり、ここは薬屋だ」

見てもわからなかったが、先ほど、案内人が言っていた。鴉はそんな咲楽の心情など汲まず、話を続ける。

「汝、うちの〝商品〟にならない？」

「商……品……？」

咲楽にはピンとこなかった。

けれども、じわじわと理解できてくる。

咲楽には魔者を癒やす力があり、ここは魔者の薬屋だ。

「わたしを、売るんですか？」

「正確には、汝の能力を売りたい。汝をそのまま金銭に換えるのは、ちょっと惜しいし、たぶん危ないからね」

「でも……」

咲楽は自分の腕を見おろした。

腕がこうなったのは、魔者を癒やして穢れをためこんだからだ。それは今、鴉から説明された。

咲楽が魔者を癒やす〝商品〟になるということは……このまま穢れをため続けるわけで――。

「勘違いしないで。唔は汝を助けてあげるって言っているんだ。まあ、いいや。今回だけは少しサービスね」

言いながら、鴉は咲楽の手をにぎった。

思ったよりも、温かい。人間のような体温だと感じる……あれ？　感覚が戻っている？　と、咲楽は目を瞬いた。

鴉に触られた腕に感覚がある。

驚いていると、指先のほうから徐々に腕を侵食していた黒が薄くなっていく。

「少しだけ、喰《た》べてあげた」

「喰べた……？」

鴉の表情はわかりにくい。無表情のように見えたが、なんとなく、笑っている気がした。気のせいだろうか。

「唔は穢れを喰べる魔者だからね。汝とは相性がいいと思うよ。汝はここの〝商品〟として魔者を癒やす。唔が穢れを喰べてあげる。どうだい？　お互いに利益のある〝契約〟でしょう？」

「わたしの穢れを喰べてくれるんですか……？」

「そう」

取り戻した感覚を頼りに、咲楽は自分の手を動かした。まだ穢れは残っているけれど、だいぶ楽になったと感じる。鉛のような重さが、少し軽減されたと思う。

おそらく、咲楽が承諾すれば、残りの穢れも喰べてくれるのだろう。そういう提案だと悟った。

助かって鴉の〝商品〟になるか。

このまま穢れに呑まれて死ぬか。

咲楽にはふたつの選択肢があった。

「わたしは……珍しい存在なんでしょうか？」

咲楽はつぶやくように問う。

「とても貴重だよ。百年にひとりいたら幸運かな。ぜひ、〝商品〟に欲しいね」

鴉は臆面もなく答えた。これは彼の本心だ。

「人間の世界じゃいらない力なんでしょ？　だったら、唔のところで活用したほうがいいよ。汝がいいと言ったら、すぐに残りの穢れも喰べてあげる。だから」

「あの……すみません」

滑らかな鴉の言葉を遮った。

「……鴉さんは、わたしが承諾しなくても……無理やり従わせることもできますよね？」

饒舌だった鴉が黙る。

店の入り口に立っている案内人だけは、面白そうにニヤニヤとこちらを見ていた。

「わたしには退魔師の力がありません。力で脅されたら、従うしかないです」

「まあ、そうだね」

「鴉さんは、とても強い魔者だとお見受けします」

「喧嘩はしない主義なんだ。力比べはあまりしないから、わからないね」

「でも、わたしが従わなかったら、屈服させることも可能ですよね。加えて、もしも、わたしのことを他の魔者が欲しいと言ったとき、それを退ける自信もある。そうでないと、この提案は鴉さんの口から出ません」

「そうだね。否定はしないよ」

鴉には当たり前すぎて、そこまで考えが至っていなかったようなので、あえて指摘した。返答を得て、自分の考えは正しいと確信が持てる。

「わたしが断ったら、鴉さんはどうするつもりでしたか？」

「うーん……あまり考えてなかったな。人間なんて、我が身が可愛いものでしょ？　死にたいなんてばかは、そうそういないかなって。でも、たしかにね。なるほど。汝の言うとおりだ。唔が善良な魔者かどうかも、汝にはわからないわけだからね。これは失礼しちゃったな」

「はい。ですから、この契約はフェアではないと思います」

「フェアではない……なるほど、不公平って意味ね？　ごもっともだ。これは不公平。いいや、アンフェアだったかもしれない」

自分でも、どうしてこんなことを言っているのか、よくわからなかった。

消えてしまってもいいや。

ここから、いなくなってしまいたい。

咲楽には、ずっと、そんな願望があったのに。

「契約というなら、こちらからも条件をつけてもいいでしょうか？」

「条件？　唔は汝の穢れを喰べてあげるって言っているよね。それでは、足りない？」

「もしかして、鴉さんみたいに、穢れを喰べる魔者は他にもいるんじゃありませんか？」

「……まあ、探せばいるだろうね。むしろ、そう珍しくもないよ。なるほど、たしかにたしかに。唔は汝が欲しいけど、汝のほうは契約相手を選べるわけだ。選択肢が多い。それなのに、唔と専属契約をするのは、割に合わない。そう言いたいんだね？」

「はい。ですから、条件が釣りあうように調整しましょう」

「なるほどね、ごもっとも。汝、賢いね？」

半分、賭けのつもりで言ってみたが、正解らしい。

鴉の他にも、咲楽の穢れを喰べられる魔者はいる。希少性では、咲楽のほうが遥かに上のようだ。

「でも、唔は汝にとっては優良な契約相手だと思うけどね。穢れを喰べられると言っても、ここまで汝の言葉に耳を傾ける魔者は多くない」

「はい。案内人さんは、治療のお礼にわたしをここへ連れてきてくださいました。少なくとも、鴉さんは、案内人さんが信用するに値する魔者だとは思っています。だから、わたしは鴉さんの契約に応じるべきだと理解した上で、対等な条件を提案します」

「なるほどね。それで？　条件ってなに？」

鴉は自分の嘴をなでて咲楽を見おろしている。

咲楽は唾を呑み込み、言葉を継いだ。

「ひとつ目です。わたしの身の安全を保障してください」

鴉との会話で、咲楽は自分の希少性を理解した。ということは、他に狙う魔者がいてもおかしくはない。ただでさえ、咲楽は人間で退魔師の血を引いている。身を守れないと意味がない。

高校に入るまでは、退魔師である実家の庇護下にあったので気がつかなかった。しかし、今の咲楽はひとりだ。穢れをためこんでも、誰にも頼れない。これから、もしかすると、咲楽を狙う魔者が現れるかもしれなかった。

安全を確保する必要がある。

「ふたつ目ですが」

「ふたつもあるの？」

「全部で三つあります」

「……まあいいよ。身の安全なんて、汝が〝商品〟になったら当然守るものだしね。条件としてあげる必要もない些細な項目だ。どうぞ」

鴉は再び嘴をなでていた。

怒っているわけではなさそうである。どちらかというと、「興味深い」と言っているような気がした。

「ふたつ目は、わたしに嘘はつかないでください」

「なるほど。契約に誠実さを求めるんだね。商売、いいや、ビジネスだもの。いい選択だ。いいよ、それも些事だ。承知した」

鴉は易々と承諾していった。

彼は些事と言ったが、咲楽にとっては重要なことである。鴉に騙されてしまっては、無力な咲楽にはどうしようもない。

「三つ目です……契約したら、わたしを手放さないでください」

気が変わって誰かに売りつけたり、放り出されたりしたら困る。それは、咲楽にとって死活問題であった。

「そんな条件でいいの？」

「はい。わたしは大事だと思っています」

「ふうん、そう。わかった……案内人。汝、証人ね」

問題は、本当に鴉が条件を守るかどうかだ。そう思っていたときに、案内人が前に出た。

常夜市にいる間は、あまり感じなかったが、薬草だらけの薬屋では真っ赤な着流しは一挙一動が非常に目立つ。

「いいよぉ？　もともと、そのつもりでここへ連れてきたんだしな」

案内人は言いながら、自分の手を前に出した。古びた提灯が灯をたたえている。咲楽はなんとなく、その光を見つめた。

「…………ッ」

灯をぼんやりとながめていた目の奥に、チクリと針を刺すような痛みが走った。それは一瞬のことで、本当に小さな痛みだ。咲楽は目を閉じたあとに、おそるおそる周囲を見回す。

「俺っちが証人だ」

案内人が、手をさげる。

今の間に、なにかがあったのだろうか。鴉を見ると、軽く嘴をなでていた。

おそらく、呪術的な契約の儀が交わされたのだ。咲楽にはその知識がないが……第三者の案内人が介在しているということは、ある程度の効力が保証されると考えられる。

「はい。これで成立ね。汝はうちの〝商品〟だ」

鴉は改めて、咲楽の前に手を差し出した。

目線をあわせようとしているのか、やや膝を折って……まるで、ダンスパーティーに誘う王子様のように気取ったポーズだ。和装なので、アンバランスだけれども。

咲楽は感情のこもらない目のまま、差し出された手を見つめる。

いなくなってしまいたい。

死んでしまってもいい。

どうでもいい。

ほんの数時間前まで、そう思っていた。穢れは怖かったけれど、呑まれてしまうなら、それでもよかったのだ。

なのに、今、咲楽が歩こうとしている方向はまったく違う。

助けてくれると言った案内人について常夜へ来た。

自分なんてどうでもいいはずなのに、鴉との契約に条件をつけ、交渉した。

なにもかも、矛盾している。

結局、咲楽だって自分が可愛い。死にたくない。そう思っているのかと言われると、しっくりこなかった。

「ほら、手を出して。喰べてあげるから……もちろん、その分、汝には役立ってもらうけどね」

鴉の催促に、咲楽はのろのろと手を差し出した。

手と手を重ねながら、咲楽は「あ、そうか……」と納得する。

誰かから、「欲しい」と言われた経験なんてなかった。

咲楽を必要としてくれる者は……今まで、いなかったのだ。

だから、これは生命への執着ではない。

咲楽が執着しているのは、自分の〝役割〟なのだ。「欲しい」と言われた喜びであり、そこにしがみついていたいという足掻きである。だから、助けるという案内人にもすがったのかもしれない。

たとえ、それが魔者相手であったとしても。

だって、咲楽はなんの役にも立たないおちこぼれだったから。

今までだって、魔者を救いたかったわけではない。自分の役割が欲しかっただけだ。

「よろしくね……ええっと、ごめん。汝、なんて名前なの？」

重ねた手から、どんどん穢れが取り除かれていくのがわかった。

もとどおりの白い肌になった手を観察し、そのあとで、鴉を見あげる。あいかわらず、表情がわからない。感情がまったく読めなかった。けれども、敵意はないと思う。

「咲楽です」

阿須澄という苗字は伝えなかった。もう必要なくなると思ったからだ。

「鴉さんのことは、なんて……？」

「ん？　唔？　鴉でいいよ。人間と違って、別に個体名はないし。そういうのこだわってないんだよね」

「そうなんですね」

送り提灯のことは、案内人と呼んでいるが……よくよく考えると、案内人とは名前ではない。鴉が言うところの「個体名」ではないのだろう。

「でも、人間には名前があるんでしょ？　だから、唔は聞いておいたんだよ」

「は、はい」

ビジネスライクにしては、ちょっと馴れ馴れしい。

しかし、どこかぎこちない。

そんなやりとりで、この関係はスタートした。

第二章　銀色キツネ

1

——神楽《かぐら》はいい子だね。

夢を見た。
懐かしいけれど、逃げ出したくなる夢だ。それなのに、自分の逃げたいタイミングで、都合よく目を覚ますことはできない。
夢だとわかっていても、延々と見せつけられる。

——神楽、おいで。

いつだって、名前を呼ばれるのは咲楽ではなかった。
自分とよく似た顔の少女が前に出る。一瞬だけふり返った表情が……ほくそ笑んでいるように見えた。

実際、彼女にそんな意図があったのかは、問題ではない。咲楽には、そのように見えた。

それが事実だ。

――神楽は……。

――神楽に……。

――神楽ってば。

――神楽。

神楽……神楽……神楽。神楽。神楽。神楽、神楽、神楽！　神楽！　神楽！

いつもいつも、神楽ばかり。

神楽ばっかり！

わたしは――咲楽はいらないから。

「神楽！」

ハッとするようだった。無意識のうちに体が震え、咲楽は目を覚ます。

ただの夢だ。

悪夢と呼ぶには、あまりに慣れすぎている。というよりも、くり返し蓄積された記憶の断片とでも言うべきだろうか。

いつも夢の中は安全だ。魔者に襲われたり、理不尽に殺されたりすることはない。それなのに、こんなにも息が苦しい。動悸が止まらない。

「悪い夢を見ていたんだね？」

いつの間にか、問う声があった。

周囲を見回して――ああ、そうか。と、咲楽は思い出す――咲楽の知らない部屋だった。正確には、見慣れない部屋だ。ひとりで暮らすアパートではない。

古いコンクリートの壁が剝き出しになっている簡素な造りの部屋だった。寝台はボロボロだったけれど、シーツは真っ白で新しい。咲楽が寝ていた跡がしわになっている。

木製の机と、小さな椅子。

椅子には見知らぬ、否、見慣れぬ影が座っていた。

体はきちんと人間の形をしている。

けれども、頭は明らかに異質だ。鳥類の顔がついていた。大きくて黒い嘴と、表情のわからない両目が不気味さを助長している。

鴉だ。

白い装束と対照的な、真っ黒の顔が奇妙だった。

咲楽が出会った魔者。そして、自分はビジネス上の契約を結んで、商品として暮らすことになった。

そこまで正確に思い出してから、咲楽は返答する。

「悪いというほどの夢でもないです」

事実を述べた。ほとんど毎日見る夢だが、これは過去の記憶の集積のようなものだ。

「でも、怖がっていたじゃない。そういうの、悪夢って呼ぶんじゃないの？」

「……わたしがどんな夢を見ていたのか、鴉さんには見えていたんですか？」

「そんなの、唔《ぼく》に見えるわけないじゃない。貘《ばく》ではないからね。ただ、汝《きみ》がうなされていたから、唔はそれを悪夢と定義したんだ」

「そうですか」

「ええ？　素っ気ないんじゃないの？」

「そうですか？」

「そうとも」

「……他の人と話すのは、慣れていないんです」

「唔、人じゃないし。気兼ねしなくていいよ」

「たしかに」

言われてみれば、魔者は人ではない。鴉を「他の人」と定義するのは、いささかズレている。この場合は、「他者」が妥当だろうか。

鴉との距離感は、つかみにくい。

彼とどう接すればいいのか、咲楽はしばらく悩んでしまいそうだ。

「汝、そうとう律儀で理屈っぽいって言われない？」

「あまり人と話さないので、言われた経験はないです」

「なるほど！　これが、〝コミュ障〟ってやつね！」

「コ、コミュ障……」

鴉の口から、思いのほか新しめの単語が飛び出して、咲楽は眉を寄せた。クラスの人が使っているのを聞いたことがある。

要するに、咲楽を「他者とコミュニケーションをとるのがむずかしい人間」と定義しているわけだ。はなはだ心外な言い草ではあるが、否定する要素がない。咲楽は黙るほかなかった。

「とにかく、汝は否定しているけど、唔には悪夢を見ているように感じられた。実際、汝はとても汗をかいていて、心臓もたくさん鼓動している。あまりよい目覚めには見えないね」

指摘されたとおりだった。咲楽は額から流れる汗を袖で拭う。パジャマがなかったので、学校のブラウスだ。そういえば、学校……と焦ったのと同時に、行かないことにしたのだと思い出す。

「あれは、たぶん追憶とか、そういう呼び方が適切なんです。本当の悪夢を見ている人に、失礼だと思います」

「でも、汝はその追憶を見て気持ちいいとは思っていないんでしょ？」

「……まあ」

「それは、やっぱり悪夢と呼ぶんだと思うけどね。他者がどう思うかが問題じゃない。汝がどう思うかだよ。はい、これ飲んで」

鴉は気安く言いながら、持っていたものを咲楽に差し出した。いつの間に、どこから取り出したのだろう。それとも、最初から持っていたのだろうか。今、注目した咲楽には判断がつかなかった。

渡されたのは飲み物だった。ガラスのビーカーに入った黒い液体だ。湯気があがっており、熱いのがわかる。

受けとると、コーヒーのとても香ばしい匂いがした。

「ありがとう……ございます……」

モーニングコーヒーが出てくるとは思わず、咲楽は面食らう。個人的には紅茶のほうが好きだが、コーヒーだって飲める。

「…………」

しかし、咲楽はビーカーに口をつけた瞬間、眉を寄せた。

「鴉さん……これ、苦すぎます……」

味はコーヒーだが、明らかに苦すぎる。エスプレッソというより……インスタントコーヒーの粉を大量に入れたようだ。

「そうなの？　こういうのがおいしいんだと思ってた」

指摘すると、鴉は悪びれる様子もなく首を傾げていた。

鴉の薬屋へ来て二日目。

ひとつ理解したことがある。

鴉はとてもとても味音痴だった。

正確には〝まずい〟という概念がない。

「ふうん、これが〝おいしい〟んだね？」

興味深い、と言いたげに、鴉は咲楽の作った目玉焼きとトーストを観察していた。

「おいしいというか……普通だと思います。たぶん」

一応、料理はできるので台所を借りただけだ。コーヒーの件で心配になって調理中の鴉を観察していた結果、咲楽が作るほうがいいと判断したのである。鴉が焼いて真っ黒になった一枚目のトーストは、残念ながら無駄にしてしまった。

「ねえ、あとで買い物へ行こうか」

「買い物、ですか？」

「うん。これから、汝にごはんを作ってほしいからね。食材の調達は、汝もいたほうがいいでしょ？　諸々、人間の必需品もあるだろうし。常夜で暮らすんだから、こっちの勝手も教えておきたい」

常夜で暮らす。

その言葉を咲楽は静かに呑み込んだ。

咲楽は鴉の店の商品である。生活も常夜で行うことになった。

学校へも行かない。

もともと、友人と呼べる人間もいなかったし、家族からは捨てられたも同然だった。家賃を払ってもらい、最低限の仕送りを受けるだけの関係だ。そもそも、退魔師である家族は誰も咲楽の穢れについて説明もせず、対策も講じなかったのである。

いなくなったほうがいいに決まっていた。

反面、鴉は自分を商品として「欲しい」と言ってくれたのだ。

咲楽に拒否する要素はなかった。

自暴自棄だろうか。

捨てられたからと言って、魔者などにすがっている。

そう思われても仕方がない。

むしろ、自分でもわかっている。

咲楽のしていることは、たとえおちこぼれだとしても、退魔師として許されない行為だ。

重々承知している。

「うんうん、おいしい。おいしいね」

鴉が〝おいしい〟を理解したのかどうか、咲楽には判別できない。なにせ、彼はあんなに苦いコーヒーだって、〝おいしい〟と思っていたのだ。味覚が咲楽と同じとは言えないだろう。

しかし、本人はそう言いながら、咲楽の焼いたトーストを嘴に放り込んでいた。コーヒーも、咲楽が淹れたものをストローで飲んでいる。

食事風景はちょっとシュールであったが、〝おいしそう〟には見えた。

咲楽も自分のトーストを一口かじる。

なんということはない。いつもの味がするはずだ。

「…………」

……いつもより、ほんの少しおいしい気がした。

使用しているバターが家の冷蔵庫のとは違う。パンも、咲楽が買う五枚切り百二十円の食パンよりも薄い八枚切りだ。

多少の味が変わるのは、当たり前である。

咲楽は特に気にせず、自分のトーストと目玉焼きを完食した。

2

常夜ノ國とは、やはり不思議な場所だ。

蛍のように漂っている灯りによって、ぼんやりと景色が浮きあがっている。咲楽は灯りに触れようと手を伸ばすが、すうっと拒まれるように離れていってしまった。

「夜泳虫《やえいちゅう》だよ。基本的には無害だから、あまり気にしなくていい」

咲楽が不思議そうにしているのが伝わったらしい。

常夜市へ向かう道すがら、鴉は淡々と説明してくれた。これから、咲楽の日用品の買い出しに行く。鴉は「買い物に使うんだ」と言って、背中に大きな籠を背負っていた。

「星や月は、出ないんですね」

「月はときどき出るよ。気分だと思う」

「気分ですか」

「うん、たぶんね。正直なところ、その辺りについて細かく気にしたことがなくってさ。誰かが知っているのかもしれないけれど、唔は知らないんだ」

「そうですか」

気分で月が出たり、出なかったりするというのは、意味がわからない。けれども、「まあそんなものなのだろう」と納得した。ここでは、人間の世界とは常識が異なるのだ。細かいことは流しておこう。

「あれは、灰荒城《はいこうじょう》ね。近づかないほうがいいよ」

鴉が指さした先には、古い建物のようなものが見えた。山の上に建つそれは、城というよりも工場のようだ。「灰荒城」よりも「廃工場」という字を当てたほうが似つかわしい。

鴉の薬屋もそうだが、常夜には木造の建物ばかりではなく、コンクリートの廃墟のようなものもたくさんあった。

まるで、人間の世界を真似《まね》たかのような部分がある。

「灰荒城には、なにがあるんですか？」

「怖い魔者が住んでいる」

「鴉さんでも、怖いと感じるような魔者ですか？」

「実のところ、唔も行ったことがないんだ。ただ、怖い奴がいるから、行かないほうがいいって伝え聞いているだけ。そういうところには、とにかく行かないほうがいいんだよ」

「そうですか」

「そう。面倒だからね。唔、喧嘩はあんまりしない主義だし」

「なるほど……」

「そろそろ、常夜市だ。唔から離れないでね。汝は喰べられやすそうだから」

鴉の言葉は脅しでもなんでもない。文字どおり、咲楽は喰われやすいのだ。退魔師の気配を有しながら、なんの術も使えない。弱い人間である。

身構える咲楽に、鴉が手を差し出した。

小さな子供の手を引くような。姫君をエスコートする騎士様のような。だが、おそらく、鴉にはどちらの自覚もない。

白い装束の袖から出ているのは、人間の手だ。顔面が鳥類なので、かえってその人間らしい部位が不自然に思えた。

最初に会ったときから思っていたが、鴉は『鴉天狗《からすてんぐ》』なのだ。

強い神通力を持ち、自由に空を飛び回る。力の強い魔者で、一流の退魔師でも駆除が困難だと聞いていた。

その彼についていれば、咲楽が他の魔者に喰われる心配はないだろう。ふたりには、契約時に交わした条件もある。

咲楽は鴉の手に、自分の手を重ねた。

確認して、鴉は歩く速度を速める。引きずられるような気はしない。たぶん、咲楽の足にあわせている。歩調も無理がない。

「よう、鴉。うまそうなモン連れてるなあ？　おやつか？」

常夜市に踏み込むなり、そんな声がかかった。

猪頭《いのしし》の魔者だ。咲楽は思わず、鴉の手をギュッとにぎる。けれども、鴉は「なんてことはない」と言いたげに、咲楽の手をにぎり返した。

ちょっと温かい。

「喰べないよ。それより、この娘《こ》にいい反物《たんもの》ない？　今日中に仕立ててほしいんだけど」

「そうかい。そりゃあ、残念だ！　その嬢さんに向いた布なら、こいつはどうだ？」

喰べるとか喰べないとか、そういう物騒な会話と並行して、反物の品定めがはじまった。こういうあいさつや会話が日常なのだと空気で感じる。

「うーん。もっと匂いが隠せるのはない？」

「ああ、そうかい。なら、こっちだ」

「ふむ……もうちょっと安いのはないかな？」

「その嬢さんの匂いを誤魔化すなら、これより品質は下げられねぇな」

「たしかに。でも、もうちょっと安くならない？」

「急ぎだろう？　手間賃くらいは弾めよ。お宅さん、景気いいんだろう？」

「別に景気はよくないけど……しょうがないな」

鴉は咲楽の衣服を用意してくれているらしい。咲楽には、今着ている学校の制服しかない。これはこれで丈夫だが、スカートは不便だし、常夜では目立ってしまう。話を聞いている限り、ここで買う反物は、人間の匂いも消せるようだ。

「ちょいと失礼」

猪頭の魔者が咲楽に顔をズイと近づけた。急なことで、咲楽は喉をならして後ずさってしまう。

喰われる……！

しかし、そんな咲楽の背を鴉が押す。

「採寸してくれるんだよ」

「え……採寸……？」

服のサイズを測ってくれるようだ。だが、魔者の手にはメジャーなどの器具は見当たらなかった。

「ふが……ふが……」

魔者は咲楽の体の匂いを嗅ぎはじめた。採寸というよりは、餌の下見だ。咲楽は不安になって鴉を見あげるが、特に反応はなかった。危険ではないらしい。

「よし、大丈夫だ。またあとで来ておくれ」

ひとしきり匂いを嗅いだあとで、猪頭の魔者は鴉に言った。鴉は「わかった。先に他の用事を済ませてから戻るよ」と言って、咲楽の手を引く。

もういいのだろうか。

「任せておけば大丈夫。まあまあ高くついちゃったけど、しょうがないね」

咲楽の気持ちを読みとったかのように、鴉が声をかけた。咲楽は「は、はい……わかりました」と、ゴニョゴニョ言って鴉について歩く。

「約束したから可能な限りは唔が守るけど、ある程度は自衛しないとね」

「そうですね……すみません」

「すみません？　どうして、そんなこと言うの？」

「え？」

問われて、咲楽は戸惑ってしまった。

「だって、それは謝罪の言葉でしょ？　汝、唔に謝罪するような悪さをしたの？　なにか盗《と》っちゃった？　壊した？」

「え、ええっと……わたしに力がないので、鴉さんに苦労をかけてしまったと思って。わたし、まだなんの役にも立っていませんし」

「唔は、それが苦労だとか迷惑だとか、汝に伝えた覚えはないんだけど？　あ、値段の話？　気にしなくていいよ。むしろ、唔は汝を〝無料〟で手に入れたんだ。初期投資くらい惜しまないよ」

「そう……ですか。すみません」

「だから、唔は嫌だって言ってないでしょ。汝との約束を守るために必要だから、投資しているだけ。汝は唔の商品なんだ。コストをかけるのは当然だよ。汝たちの世界では、なんの努力もせず商品を地面に並べれば売れていくのかい？」

鴉の言っている内容は論理的だった。彼は最初からそうだ。あまりに論理的で、行動に感情が見えない。

だから、咲楽は自分の言葉が「非論理的だった」のだと痛感した。たしかに。こういう場合に謝罪は不適切である。

「……ありがとうございます」

「別に、感謝される覚えもないけどね。でも、謝罪されるよりは数倍マシだ。受けとっておこう」

今度はすんなりと受けとってくれた。言われてみれば、咲楽も謝罪よりは、感謝のほうが気持ちいい。

感謝など、今まで、ほとんど述べられた経験はないのだけれど。

案内人を助けた結果、鴉のところへ連れてきてもらったのは、感謝していいのだろうか。だとすれば、また今度お礼を言っておかないと。案内人がどの程度の頻度で薬屋に訪れるのかわからないが。

「あれが門。来るときも通ったよね？」

常夜市から少し外れた場所を、鴉が指さした。特になにも見えない。だが、目を凝らすと、力の揺らぎのようなものを感じることができた。

「現世への通り道だよ。いろんな場所にある……家から歩いて行ける範囲だと、五つくらいはあるかな」

「そんなにあるんですね」

「遠出すれば、もっとあるよ。門の行き先は日によって変更されるんだ。魔者には行き先がわかるから、目的に応じて通る門を選ぶんだよ」

なるほど。いつも同じ場所に出るわけではないようだ。便利なようで、不便である。けれども、鴉の物言いでは、魔者たちは不便だと感じていないようだ。

「じゃあ、潜《くぐ》るよ」

門に向かって歩いていると、鴉がそんな宣言をした。咲楽が疑問に思うよりも先に、目の前の空間が裂けるように開く。

常夜へ来るときも通った。

「え？」

そこは、来るときに見た無人の民家ではなかった。説明されたとおり、いつも同じ場所に繋がるわけではないと証明されたことになる。

咲楽が立っていたのは市井の人々でにぎわう見慣れた商店街だ。ふたりが現れても、周りの人は気にもとめていない。

まるで、最初から咲楽たちがそこにいたかのような扱いだ。

「あ、あの、鴉さん！」

けれども、咲楽は思い出した。鴉は魔者だ。しかも、鳥類の顔面を持っている。誰かに見られたりしたら、騒ぎになるかもしれない。時期的に、ハロウィンの仮装でも通らない。

「なに？」

だのに、鴉の声はのんきだった。

そして、ふり返った顔に咲楽は悲鳴をあげる。

知らない顔だった。

真っ黒な髪の下で、日焼けとは縁遠い白い顔が笑っている。紅《べに》など引いていないはずなのに唇が赤いのは、肌が白いからだ。夜みたいに黒々とした瞳が、咲楽を不思議そうに見おろしていた。

見たことのない青年だ。

しかも、マネキンのように顔が整っている。

おかしい。今まで、咲楽が手を繋いでいたのは、顔面鳥類の魔者だったのに。服も白い和装ではなく、白い綿パンとシャツという洋装だった。背中には、大きな布製のリュックサックを背負っている。

「誰ですか!?」

「いや、誰って。鴉だけど」

叫んだ瞬間に知らない青年――鴉がブスッと口を曲げた。

「ひ、人にもなれたんですね……」

「そのほうが、こっちじゃ都合がいいでしょ？　唔の姿、普通にしていたら誰にも見えないし」

魔者は普通の人間には見えない。咲楽のように退魔師の血を引いていれば、別だが。他にも、神職関係者など力を有する者には見えるが、非常に稀《まれ》だ。

一般の人々には、鴉は透明人間のような存在になっているだろう。これから買い物をするので、それではたしかに不都合だ。

「そう……ですね……はい……間違いないです……」

咲楽は急に恥ずかしくなって、身を縮めた。すると、鴉は不思議そうに自分の顎をなでて首を傾げる。

「汝、なんで唔が人の姿をしているほうが怖がっているんだい？」

「え……そ、そんなことは……」

急に、鴉と目があわせられなくなった。咲楽は視線を泳がせるが、見抜かれているようだ。

見目が綺麗な青年だから、緊張している。そう思ったが、この焦りや気まずさは覚えのあるものだ。

それは咲楽が誰かと話すとき、常に感じていたものである。

「人が怖いの？」

「…………」

そうなのだろうか。

意識したことはなかった。しかし、指摘されると、そんな気もしてくる。なぜだか、魔者の姿をした鴉のほうが、咲楽にとっては話しやすかった。

いつもそうだ。

咲楽は人と話すと自信がなくなる。

目をあわせていられなくなり、逃げ出してしまうのだ。

うまく会話する自信がない。

魔者である鴉を相手に、先ほどまではあんなに口が回ったのに。昨日だって、契約するときに不思議と恐怖は感じなかった。なのに、姿が変わっただけで萎縮してしまう。

「まあ、今は我慢してよ。さっさと済ませて、向こうへ帰るよ」

鴉は再び咲楽に手を差し伸べた。いつの間に、離していたのだろう。

おそるおそる手をにぎると……さっきまでの温かみを感じる。顔は人間のようだが、たしかに、鴉であるとわかった。

鴉は常夜と同じように、咲楽の手を引く。子供みたいだった。

「そうだ。なかなか頻繁には来られないと思うし、汝の家になにか取りに行く？」

アーケード街を進みながら、鴉が問う。

咲楽は首を横に振った。

「……家は、別にいいです……」

「ふうん」

会話はそれだけだった。

家には帰りたくない。

一人暮らしの部屋だけれど……あそこには、咲楽の「今まで」が置き去りになっている。

ここから消えてしまいたいとねがっていた、咲楽の抜け殻のようなものだった。

咲楽はそれらを捨てようと思ったのである。

今更、取りに帰るものなどなかった。

「買い出しの前に、ちょっと換金しておくね」

「換金……？」

「こちらのお金がいるでしょ。必需品を買わなきゃいけないからね。あと、唔のおやつ」

「おやつ……」

「うん。いくつかお気に入りがあるんだ」

そう言って、鴉は商店街の横道に入った。アーケード街は地方都市にしては広くて綺麗だが、一本道をそれると、ずいぶんと印象が変わる。

居酒屋が中心に建ち並び、バーや……未成年にはちょっとよくないお店も混在している。お酒にしろ、なんにしろ、大人になってから来るべき場所だというのは、十分わかった。

夜になったらネオン街になる。この街に住んでいたが、咲楽も来るのは初めてだ。そもそも用事がない。

そんな並びの雑居ビルに、鴉は足を進める。二階から上は居酒屋やバーが入っているが、一階はやや怪しげな……というより、胡散臭《うさんくさ》い漢方のお店だった。薬局ではなさそうである。

入ると、独特の匂いが鼻を刺激した。病院の消毒液とは違う。むわっと鼻につく……なんとも言えない漢方の匂いだ。

「やあ」

鴉は慣れた様子で、店にいた女性に手を振った。

「また来たん？」

「だって、他にお店を知らないからさ」

鴉を見るなり、女性は面倒くさそうに息をついた。イントネーションは方言で、声が若い。

「うちは、あんたが遊ぶための金を用意する店やないんやけど」

女性は顔をあげ、長い髪を耳にかけた。

三十代くらいの女性だ。肌が綺麗なので、もっと若いかもしれないが、キリッとした目元や声色からそう予測する。口調がハキハキとしていて、咲楽はなんとなく萎縮してしまう。

「今日は必需品を買うんだよ。いいでしょ？　朱莉《あかり》君の役にも立つんだし」

朱莉。女の人の名前だろうか。

咲楽はこっそりと、朱莉が人間かどうかを確かめる。

魔者の妖力は感じない。人間だ。

「毎回、毎回、そう言って……ちょっと。誰なん、それ？」

咲楽の存在に、朱莉は今気がついたようだ。居心地が悪く感じ、咲楽は小さく会釈しながら鴉の後ろに隠れた。

「こ、こんにちは……」

朱莉が顔をしかめながら、咲楽のそばまで歩いてくる。誰かに見られるのは怖くて、咲楽は背を丸めた。

「人間やん」

責めるような声音だった。だが、それは咲楽に向けられたわけではない。

「誘拐？」

朱莉は魔者ではないが、咲楽のように力を持っているようだ。

退魔師は独自の協会を作っており、関係者は数年に一度は顔をあわせるようになっている。身内から疎まれていた咲楽だが、集まりには連れていかれた。しかし、咲楽は朱莉の顔に見覚えはない。おそらく、朱莉は神職など、退魔師とは別の筋の人間だと思う。

「違うよ。人聞き、いいや、魔者聞きが悪い」

鴉は隠すつもりもない様子で肩をすくめた。

「拾いものだよ。これから、唔の店で〝商品〟になってもらうの」

「拾ったって……この子、まだ学生やろ？」

「ビジネスパートナーだよ。この娘がうちに来ると言ったんだ」

「はあ!?　自分がなに言ってるか、わかっとるん？」

「唔、なにかおかしいこと言ってる？」

朱莉が訝《いぶか》しげに、咲楽を見た。咲楽は怖くて縮こまっていたが、おずおずと視線をあげる。

「……わたし……鴉さんに、助けていただいたので……」

言葉ひとつひとつを発するのが億劫だった。他人の目を見て話すのが苦痛で、ついそらしてしまう。

「言わせてるやろ」

「言わせてないってば。疑い深いなあ」

「いい？　家出少女を誑《たぶら》かすのも、こっちじゃ立派な犯罪なんやけんね？」

「え？　これって悪いことなの？　唔は死にそうな女の子を保護して、衣食住を提供しているのに？　唔、悪者なの？」

「悪い！」

「そりゃあ、酷い。誤解なのに」

「誤解なんかじゃないわ！」

咲楽のおどおどした態度では朱莉の誤解は解けそうになかった。鴉に迷惑をかけているのではないかと、咲楽は不安になる。補足しようと、「あの……その……」と声を出すが、小さすぎて聞こえていない。

「わたしは……！」

どうしたものかと、つい大きな声を出した。

シンと、ふたりがこちらに注目する。咲楽は辟易《へきえき》してしまったが、自分が声を出したのだ。続けるしかなかった。

本当に……魔者相手のほうが普通に話せる。

咲楽は異常なのだ。

「わたしは……家族に捨てられたんです。もう少しで、死ぬところでした……本当です。帰っても、たぶん、また……だから、鴉さんのところにいることにしました。わたしが、そうしたいと選んだんです。わたし……家には帰りません。もう、帰りたくないです！」

家族に捨てられた。

死にかけた。

全部事実だった。

咲楽は必要のない人間なのだ。だから、必要とされる場所に行った。それだけのことである。

どうして、こんなに言葉が拙《つたな》いのだろう。

もっと上手に話せるはずなのに。

「あんた……」

咲楽が泣きそうな顔をしていたので、朱莉は言葉を失ったようだ。どう言えばよいのか、わからない。そんな空気を感じた。

「ね。唔は悪くないでしょ？」

鴉だけが当然のように、咲楽の肩に手を置いた。

そのあと、鴉が常夜から持ってきた薬草類を朱莉に提示する。朱莉は文句を言いながらも、それらをきっちり査定して現金に換えてくれた。咲楽の思っていた以上の値がついたので、素直に驚く。

「薬草を売って、お金に換えているんですね……」

「まあね」

咲楽が問うと、鴉はつまらなそうに、自分が持ってきた品に目を落とす。黒くて丸くて、なんだか泥団子のような形をしている。

鳥類の顔よりも表情がわかりやすいが、その分、咲楽は接しにくさを感じていた。

「それも、薬ですか？」

「ああ、これ？　こっちじゃトリュフって呼ぶらしいよね」

トリュフ。

咲楽でも知っている高級食材だった。

「ト、トリュフ……薬草じゃないんですか……？」

「これ一番、換金率が高いんだよね。あと、こいつなら、常夜には腐るほど埋まってる。正直、これを売りに来たようなものだよ。魔者が使う薬と人間が使う薬は、別物だから」

「え、ええ……」

曰く、朱莉の本業はレストランのオーナーシェフらしい。実家である漢方薬局の手伝いで、昼間は店番をしているのだとか。

「相場より安く買えるから、ありがたいんよねぇ」

朱莉はトリュフの匂いを満足そうに嗅ぎながら、鴉に現金を手渡していた。

「じゃあね、また来るよ」

用事が済んだら、鴉は店をあとにしようとする。

「あ、待ちなよ」

だが、咲楽が店を出る直前、朱莉に呼び止められる。朱莉は怯える咲楽の手に、なにかをにぎらせた。

「よかったら、いつでも来て」

それは、レストランのショップカードだった。裏側には、手書きで携帯電話の番号と、メールアドレスが書いてある。朱莉の連絡先だと察した。

「ありがとうございます……」

トリュフを使うような高いお店に、咲楽が行けるとは思えないけれど。一応、お礼を述べておく。

朱莉は笑って、でも、ちょっと寂しそうに咲楽の手を離した。

「いつでもいいけんね」

「はい……」

なぜだか、申し訳ない気分になった。


朱莉の店でトリュフを換金したあと、鴉は商店街でいろんなものを買った。

とは言ってもほとんどが、「必需品」と言いながら、インスタントコーヒーやケーキなど、鴉のための「嗜好品」である。

「汝、欲しいものはないの？」

買い物の間、たびたびそう聞かれた。

そのたびに、咲楽は「特に思いつきません」と答えてしまう。日常の必需品はすぐに思いついたが、「欲しいもの」はなにも浮かばなかったのだ。それに、咲楽はすでに鴉から、たくさんの品を買ってもらっている。

「あ……」

けれども、自然と咲楽の足は、書店の前で止まった。昔からある、手書きのキャラクターが看板に描かれたお店だ。気になる新刊が出たばかりなのを思い出したのである。

ハードカバーで、高めの本だ。いつもは図書館にリクエストを出して、数ヶ月後に読むのだが……咲楽は常夜で生活すると決めた。図書館へ頻繁に通うわけにはいかない。

「どれが欲しいの？」

咲楽が本を買いたいのだと気づき、鴉が問いかけてくる。きっと、なんでも買ってくれるだろう。咲楽の返事を待たずに、鴉はさっさと店の中へ入ってしまった。

「本か……ずいぶんと、読んでないなあ」

「人間の本、読めるんですか？」

「面白いかどうかは別として、読めるよ。興味深いもの」

そういえば、常夜市で見た看板は日本語だった。話し言葉にも困っていない。今更だが、魔者も人間の言葉を理解して、読み書きするのだと実感する。

「よし、じゃあ、これ。なんか見た目が気に入った」

鴉が手を伸ばしたのは、新刊コーナーに並んだ一冊だった。

美しい赤い装丁に、タイトルが金色で箔押しされている。重量感のあるハードカバー——咲楽が欲しいと思っていた本だった。

「え……」

「こういうのは、直感だね。それとも、汝は嫌い？」

一瞬、心の中を読まれているのかと思った。だが、鴉の様子を見るに、そうではないらしい。こんな偶然など、あるのだろうか。

「いえ……わたしも、それが読みたいです」

一冊の本を両手で受けとり、咲楽はレジへ向かった。

なんだか、プレゼントをもらった気分である。

そのあと、いっぱいになった買い物袋をさげて、咲楽たちは常夜へ帰っていった。

3

買い物袋を持ったまま、ふたりは常夜へ戻った。

門を潜って現世から常夜へ戻ると、光の量が減る。暗さに視界が慣れるまで時間がかかった。辺りを漂う夜泳虫がいるとはいえ、やはり暗い。足元がおぼつかなくて、小石でつまずきそうになった。

「大丈夫？」

前のめりになったところを、鴉が支えてくれる。

「は、はい……」

見あげると、表情の読めない鳥類の顔がこちらをのぞいていた。常夜へ戻ってきたので、人間の姿でいる必要がなくなったのだろう。白い和装も、背負っていた籠も、元のままだ。そこに、スーパーなどのビニール袋をさげているものだから、少々アンバランスに思えた。

「鳥って……夜目が利かないんじゃないですか……？」

本で読んだ知識だった。一般的に鳥類は夜間の視力が落ちると言われている。だが、鴉は常夜の薄闇でも平気なので、率直に気になった。

「失礼だね。唔は鳥みたいな顔だけど、鳥じゃないんだよ」

「そ、そうですね……」

「そこは、謝って」

「は、はい。すみません」

今のは、ちょっとまずい質問だったらしい。

咲楽は気まずくなって、体を縮こめる。だが、鴉は歩調を乱すことなく、前を行く。ヒョイとふり返ったかと思うと、先ほどまでと同じ声音で「もうすぐ常夜市だから、離れないでね」などと言ってくる。

実は、まったく気にしていない？　気分が本当に読めない。だが、気楽だ。

そんな調子で鴉について歩くと、すぐに常夜市へ辿り着いた。店がつける灯りのせいか、たくさんの魔者が行き交うせいか、ここだけとてもにぎやかに思える。雑多だが、活気があって明るい。

最初は怖くてすくんでいた咲楽だが、今では周囲を観察する余裕も出てきた。

「やあ、できた?」

鴉は、先ほど反物を買った店の魔者に声をかけた。猪の頭を持つ大きな魔者だ。恐ろしい外見だが、悪い魔者ではないと知っている。咲楽は最初よりも気持ちだけ、前に出た。

猪頭の魔者は大きな腰を軽くさすりながら、立ちあがった。やや動作が鈍く、なんだか老人のようだと感じる。

「できてるぜ。試着しとくれ」

そう言って、猪頭の魔者は鴉に衣服を手渡した。

「ほら、着てみて」

鴉から衣服を受けとって、咲楽は戸惑った。できあがった品物が、思っていたよりも上等に思えたのだ。けれども、必要ないとも言えない。

「そっか。汝は女の子だね……ちょっと借りるよ」

鴉は店主に声をかけ、手近にあった大きな布を広げてくれた。それを店の角に引っかけて、即席のカーテンにしてしまう。咲楽が着替えをためらっているのだと思ったようだ。実際は、その手前のステップで立ち止まっていたのだが、どちらにせよ着替えの場所がなかったので、ありがたい。

もうあとには退《ひ》けず、咲楽はカーテンの内側に入る。

布を広げると、白い和装束だった。ひとりで着られるか不安だったが、作務衣《さむえ》のような作りになっているので問題ない。袖を通して、いくつか紐で結べば脱げることはなかった。袴《はかま》も横に広がらないよう、紐を結ぶと膝丈でとまる。とても実用性がありそうだった。

新しい服に袖を通すと、意味もなく心が華やぐ。晴れ着ではないのに不思議だ。

「ああ、ピッタリだったみたいだね。似合ってるんじゃない？」

着替えを終え、カーテンの外に出た咲楽を見て鴉が嘴をなでた。どうやら、新しい服を着た自分の姿は、不格好ではなさそうだ。咲楽はひとまず安心する。

「よかったね。汝の服、目立ってたからさ」

「はい……」

咲楽の肩に、鴉が手を置く。

「おい、こいつはどうするね？」

カーテンを片づけていた店主が中を見て問う。

咲楽が着ていた制服が畳んで置いてあった。単純に回収し忘れたのだが、「どうするね？」と聞かれ、咲楽は思わず口ごもった。

「えっと……捨てて、ください……」

その言葉を絞り出し、咲楽はうつむく。

「もう着ないので……」

常夜に住むと決めた。

現世へ帰って生活する気はない。

だから、制服なんていらないのだ。

決意表明を兼ねて発声すると、気分がすっきりした。咲楽を縛っていた鎖のひとつが切れ、解放された気分だ。だが、同時に一抹の寂しさも覚える。

「ほーう。上等な布だと思うがなあ？」

猪頭の店主は制服をながめて、もったいなさそうにつぶやいた。一方で咲楽は「これでいい」と自分に言い聞かせた。

「イテテ……」

猪頭の店主は咲楽の制服を持ったまま、腰を押さえて立ち止まってしまう。

「……痛むんですか？」

「まあな。ちょいと、干していた染め物が飛ばされちまってよ……気がついたら、灰荒城のほうへ近づいたもんで、慌てて引き返すときにドジしちまった」

そう言いながら、店主は腰の辺りをめくって見せてくれた。

咲楽は目を凝らす。薄《うっす》らと穢れが集まっているのが見えた。放っておいても完治しそうな打ち身だが、今現在、店主が難儀しているのは一目瞭然だ。

「あの、すみません……」

勝手なことと思いながら、咲楽は店主の腰に手を当てる。

咲楽が穢れに触れると、まずは冷たい感触があった。意識を集中させると、その冷たさが手を伝って咲楽のほうへ移ってくる。そして、それは後に体の気怠さへと変化した。

「え？　ほほお？」

店主は自分の身に起きた出来事を理解したようだ。腰に触れて、痛みが消えたのを確認している。

「へえ、驚いた。なるほど。それで、鴉が嬢さんを連れているわけか。納得したね……すっかり、そういう趣味かと思ってた」

「どういう趣味だと思っていたって？」

鴉は呆れた様子で、咲楽に触れようとした店主の手を払った。

「この娘は、唔の商品なんだ。それ以上は、代金をもらうよ……汝も、勝手なことしないで。あの程度の打ち身、なにもしなくたって治るんだから」

「は、はい……」

怒られてしまった。勝手なことだっただろうか。

「でも、鴉さん……その……この服は、とてもいいものだと思いました……単純にお礼がしたくて」

咲楽には常夜での物の価値はわからない。だが、世話になったのには、変わりないのだ。店主は鴉から対価を受けとっているかもしれないが、咲楽からもなにかしたかった。

「へへ。可愛いこと言ってるじゃないか。鴉、大事にしてやれよ」

猪頭の店主は笑っているのだろうか。鴉と同じく、彼の表情もわかりにくい。

「だがな、嬢さん。鴉の言うとおり、もらいすぎだ……そうさな。わかった」

店主は言いながら、店内の品を吟味しはじめた。そして、奥にかけてあった服を手に取る。

「少し大きいが、いいだろう」

咲楽の肩に、そっと羽織らせてくれる。

黒い外套《がいとう》だった。薄いベールのような素材でできており、羽根みたいに軽い。大きなフードがついていて、頭まですっぽり入った。

「急ぎの手間賃として、少々多めにいただいたからな。その差額と外套で、今回の治療費だ。これでトントンだろう？」

そう説明されると、咲楽はうなずくしかなかった。後ろから鴉が、「やっぱり、多めにとってたんじゃないか。ぼったくり」と平坦な声で言っていたが、店主は素知らぬ顔をしている。

「守りの外套だ。鎧《よろい》みたいなもんだと思ってくれ」

こんなに軽くて薄いのに、見た目に反した効果があるようだ。目を凝らすと、たしかに、この外套には魔者の力が付与されているのが確認できる。

「ありがとうよ、嬢さん。大怪我でもしたら頼りに行くから、そのとき、よろしく治しておくれ」

鴉に手を引かれて歩き去る咲楽に、店主はそんな言葉をかけてくれた。

「まあ、いっか。最終的には、唔らが得をしたんだし……よかったね、汝。あいつは、たぶん汝を指名してくれるよ」

「指名……」

「汝目的の顧客ってこと。そんなに悪い奴じゃないから、言葉どおりに受けとるといい」

顧客。咲楽の。

咲楽を頼りにしてくれるかもしれない。そう思うと、少しばかり心が明るくなった。

「でも、本当によかったの？　服を捨てるなんて、もったいないよ」

鴉から改めて問われて、咲楽は視線をそらす。

「いいんです……帰らないので」

咲楽は、ここで生きていくことにしたのだ。

帰らない。

不安は多いけれど、なんとかなる気がする。そんな不確実で甘い見通しの自分に嫌悪感がありつつ、その考えにすがるしかなかった。

魔者だって、悪い者ばかりではない。

鴉は話がわかるし、さっきの店主も咲楽を気に入ってくれた。そうとわかれば、常夜は咲楽にとって、危険ばかりではないように思える。

「そういえば、汝。常夜に帰ってから、急に口数増えたよね」

「そうですか？」

咲楽は鴉を見あげて、淡泊に返す。

「うん。現世にいるときのほうが、ずっと怯えてた」

人の姿をしている鴉とは目があわせられなかった。しかし、今は普通に顔を見あげることができる。

表情がわからないからだ。鴉が咲楽をどんな顔で見ているのか、詮索しなくて済む。一方で、人間の姿だと駄目だ。すぐに相手の顔色をうかがってしまう。

自分は人間が苦手なのだと実感した。

人と話すのが怖い。

本当は、魔者のほうが何倍も恐ろしくて、忌《い》み嫌うべき存在なのに。

ゆえに、おちこぼれなのだ。

両親から相手にされず、捨てられたのにも納得する。

「よう、鴉。あと、嬢ちゃんも元気かい？」

鴉の薬屋まで帰ると、扉の前に案内人が立っていた。今日は最初から、真っ赤な着流しをまとった青年の風貌である。彼にとって、これが常夜での姿らしい。人間と同じ姿だから、鴉と話すよりも身構えてしまう。

「やあ、案内人」

鴉が買い物袋を持ったまま、あいさつする。案内人は軽く手を振るが、すぐに興味は後ろの咲楽に移ったようだ。ヒョイヒョイと軽い足取りで近づいてきた。

「似合ってるじゃねぇか」

「そうでしょうか……？」

「ああ、すっかり匂いも消えてらぁ」

「それは、どうも」

自分では実感がなかったが、案内人が言うのならそうなのだろう。案内人は咲楽の頭をワシャワシャとなでた。その行為に意味があるのかは、わからない。だが、なんとなく、なでられて悪い気持ちはしなかった。

――神楽は、いい子だね。

そう言ってなでられる子の姿を、咲楽はずっと、見ているだけだったから――。

「で、案内人。あの子は？　今度は迷子を連れてきちゃったの？」

横で、鴉が呆れているようだった。

店の前を見ると、小さな女の子が段差に腰かけていた。

赤いランドセルを背負っている。丸みを帯びた顔や、くりくりの瞳がお人形のようで可愛らしい。

魔者ではないように見える。

だが、咲楽は違和感を覚えた。

「半魔……いや、クオーターかな？」

鴉が黒い嘴をなでている。その言葉で、咲楽も合点がいった。女の子は純粋な人間ではない。鴉の言うとおり、魔者の血が混ざっているのだ。咲楽も、目を閉じて女の子の妖力を確認する。

女の子は不安そうに瞳を揺らしながら、立ちあがった。そして、まっすぐに鴉のほうへ歩いてくる。

「あなたが……カラス？」

声は高く、あどけない。震えているようなので、鴉の姿を怖がっているのかもしれない。

普通の反応だ。顔が鳥のほうが喋りやすいのは、咲楽だけである。

「あ、あたし……おねがいがあって……案内人さんから、聞いたの。あたしのおねがい、叶えてくれるって……！」

女の子は、もじもじと、自分の服の裾をもてあそんでいる。緊張しているのが咲楽にも伝わった。

中へ入って、話を聞きますか？　そう、うながそうとした。場所を改めたほうが、話しやすいと思ったのだ。

だが、女の子は咲楽が提案する前に、顔をあげてキッと鴉を睨んだ。

覚悟の決まった気迫に、咲楽は気圧《けお》される。

「あたし、キツネになりたいんです！　あたしを、キツネに変えてください！」

4

女の子は荻野《おぎの》愛実《めぐみ》と名乗った。

とりあえず、場所を中に移して、愛実の話を聞くことにした。

魔者の血を引いているとはいえ、いきなり「キツネになりたいんです！」と訴える少女など、異常だ。

「咲楽はおやつの支度でもしといて。唔、さっき買ったケーキが食べたい」

鴉はのんきな口調で咲楽におやつの準備を言い渡した。しかし、咲楽はすぐに動かない。

「わたしも、愛実ちゃんの話を聞きたいです」

咲楽の主張を聞いて、鴉は軽く嘴をなでたあとに「そう。じゃあ、コーヒーだけ淹れて」と、注文を変える。

インスタントコーヒーがあったはずだ。咲楽は「わかりました」と、台所までさがった。

鴉の趣味で買ってきたみかんジュースもあるので、これを愛実に出そう。ブランドみかんを使用した、甘いジュースである。鴉の嗜好品だ。

ついでに、ケーキを冷蔵庫にしまっておく。鴉は、咲楽が来る前から人間の食事を好んで買い込んでいたようだ。そのための家電も充実していた。もっとも、本人の味覚のストライクゾーンが広すぎて、まずくても平気だったようだが。

「はい、どうぞ」

「ありがとう、おねえさん」

コップはなかったので、ジュースはビーカーに注いだ。それを愛実に手渡すと、彼女は小さいながらにしっかり咲楽にお礼を述べた。

素直な子なのだと思う。

「それで？　汝はどういうわけで、狐になりたいの？」

鴉は足を組んで、椅子に座る。

ビーカーに入れたコーヒーをストローで飲んで、「うん、やっぱり唔が淹れるよりおいしい気がする」と味の品評をはさんだ。

「あの、その……」

愛実は鴉が怖いのだろう。無意識のうちに咲楽や、人の姿をした案内人のほうを見ている。咲楽は咲楽で、愛実と目があうのはためらわれたので、なんとなく視線をそらしてしまう。

「汝の先祖には、狐がいるんだね？」

先ほども言っていた。愛実には、魔者の血が流れている。それは、咲楽にも感じとれた。おちこぼれで力などないが、咲楽だって退魔師の家系に生まれたのだ。

「ほとんど人間のようだけどね。確かに汝は狐になれるんじゃないかな？」

「……ほんと？　キツネに？」

狐になれる。そう聞いて、愛実は丸い頬を口角で持ちあげて笑った。とても、嬉しそうだ。

しかし、咲楽は不安に駆られた。

表情のわからない鴉の瞳を、信じられなかったのだ。愛実のようには。

「……愛実ちゃん。都合よく考えたら駄目です」

咲楽は思わず口をはさんでしまう。ろくな意見など言えもしないのに。

「どうして狐なんですか？　……その……理由を話してもらえると、嬉しいです……」

咲楽は鴉の問いを重ねただけだった。

けれども、愛実は一旦、落ち着いたようだ。キラキラとさせていた目を伏せて、たどたどしく説明する。

「うん……」

ぽつりぽつりと、おぼつかない指で弦を弾くように、愛実は言葉を紡ぐ。

「あたしのおばあちゃんは、キツネだったんです。あたしは見てないから、ママから聞いただけなんだけど……」

愛実の母はどこか浮世離れした人だったという。

ママ友の集まりを好まず、いつもなにかに焦がれているような……愛実には表現できないが、「なんとなく、他人とは違う」というイメージだけは、幼い愛実も感じていた。

そんな愛実の母が、「実はね。お母さんは狐の子供なのよ」と愛実に初めて言い聞かせたのは、去年の夏だったらしい。

「あたしだって、もう小学生だし、サンタさんがいないのだって知っています……最初は信じてなかったんです」

しかし、今年の春。

それまで普通に過ごしていた母が突然倒れた。

最初は風邪だと思っていたが、咳が止まらなくなるし、体も弱ってベッドから動けなくなっていった。

病院へ行っても原因がわからず、手の施しようがないと言われてしまう。誰にも、どうしようもない。母も最初はわけがわからず、取り乱した様子だった。けれども、次第にその気力さえ失われていく。

——お母さんは、狐になりたかったの。おばあちゃんみたいな綺麗な銀色の狐に……森を自由に駆けるおばあちゃんの姿は、本当に綺麗だったなあ……。

衰弱していく母が語るのが作り話には思えなかったのだ。その目は、いつも〝ここではないどこか〟を見ているよう。

——愛実が狐になれたら、よかったのにね。見たかったなあ。

そう言って、愛実の頭をいつもなでてくれるのだ。

愛実は母親の話を聞きながら、考えるようになった。悲しそうな顔で自分をなでる母親を喜ばせるには、どうすればいいのだろう、と。

「ママが大事にしてた日記があって……おばあちゃんの日記なんですけど……そこに、常夜のことが書いてあったんです。それで、えっと……案内人さんに、会いに行って、ここを紹介してもらいました。お薬屋さんなんですよね？　あたし、キツネになれますか？」

愛実は自分の事情を話すので必死のようだった。まん丸の両目に涙をためて、体を前のめりにしている。常夜へ来るのも、大きな勇気が必要だっただろう。話を聞いている限り、愛実に鴉の薬屋を勧めたのは案内人のようだが。

鴉は変わらぬ様子で、愛実の話を聞いていた。

「なるほど。汝のお母さんは、いくつくらい？」

質問をするときも、鴉はまったくいつもどおりであった。こんなに小さな女の子から思いをぶつけられても、揺らぐ様子がない。

「えっと……たぶん、ろうそくが二十五本で……二十五歳です」

「ちょっと早いけど、狐の半魔ならそんなもんかなあ？」

どういうこと？　鴉の言葉に愛実はキョトンと首を傾げる。一方で、咲楽はその意味が理解できていた。

「魔者と人の子は半魔とか、半妖って呼ばれていてね。人の寿命より短い奴がいるんだよ。たまに極端すぎるくらい長いのもいるけど、最近じゃそういうケースは減ってきているからね……残念だけど、汝のお母さんは、もうすぐ常夜の者になるね」

「常夜の、者……？」

「死ぬんだよ」

鴉の声は穏やかなままだった。暖かい春の陽気のようにのんびりとしていて、変わりがない。

だからこそ、彼の言葉が胸に突き刺さる。

隣で聞いているだけの咲楽でさえ、胸を抉《えぐ》られるようだった。冷たくて、厳しい氷河に放り出されたような気分になる。

同時に、これが鴉の本性なのでは？　と、感じた。

鴉は魔者だ。咲楽は商品として彼に必要とされたが、それはたまたま咲楽に価値があったからだ。愛実に見せる顔は、当然違うだろう。

「半魔っていうのは中途半端なんだ。特に狐は血に呪詛《じゅそ》を宿しているからね。穢れって言い方のほうが人間にはわかりやすい？　普通の狐なら問題ないし、むしろそれが妖力の源だったりするから、ないと困るものなんだけど。お母さんは自分の血に流れている呪詛に負けたんだよ。よくあることだ。だいたい、半魔は三十年くらいで死ぬことが多い。汝のほうも、そんなもんだろう。血が薄いから、もう少し長生きするかもしれないけど」

愛実の顔が真っ青だった。

「……ママ……やっぱり、死んじゃうの？」

「だって、そういうものだよ。半魔って」

愛実の悲嘆を感じとっているのかいないのか、鴉は右手の指をパチンと鳴らした。すると、その手に紫色の乾燥した植物が現れる。どうやら、店の中にあった薬のひとつのようだ。

「汝が狐の姿になるには……体に流れる狐の呪詛を強めればいいわけだ。そういう話なら、できないことはないよ」

祖母のような、綺麗な銀色の狐になりたい。

愛実にその血が流れているなら、叶えられるはずだ。

「お母さんに、狐になった姿を見せてあげたいんでしょ？」

鴉は薬を差し出しながら、愛実に問う。

愛実は体を震わせたまま、黙っていた。鴉がただの甘言を説いているわけではないのを、子供ながらに察しているようだ。

それでも、そろりと手を伸ばす。

「鴉さん」

咲楽はまた口をはさんでしまった。

今度は、もっと強い口調で。

「その薬を使ったあと、愛実ちゃんは……どうなるんですか？」

咲楽の問いに、愛実がハッと息を呑んでいた。入り口に立ったままの案内人も、「ふうん？」と目を細めている。

「まあ、死ぬよね」

鴉は思っていたよりもあっさりと認めた。

なにか不都合なの？　とでも言いたげである。朱莉の店で見せた態度と同じだった。

「説明したとおり。血に流れた狐の呪詛のせいで、半魔は寿命が短いんだ。だから、それを強める薬を使えば、当然死ぬよ。唔、なにか騙すようなこと言ったかい？　説明は〝きちんと〟しているはずだよ」

「たしかに、説明はしていますけど……愛実ちゃんに、誤解を与える言い方だったかと思います……」

「そう？　誤解しちゃうかな？」

鴉はなにも悪びれることなく、再び愛実を見た。

「で、どうする？」

薬を使えば、愛実は死ぬ。そう明かしたうえでも、鴉は愛実の選択を問うた。その光景に、咲楽は震えてしまう。

愛実は、まだ迷っているのだ。

自分は死ぬと聞かされたのに……鴉の薬を使うかどうか、悩んでいる。

どうして？

だって、愛実は死んでしまう。それに、狐になったところで、母親の命は救えないのだ。

狐になった愛実の姿を見たいという願望を叶えるだけ。

それなのに、愛実は悩んでいる。

咲楽には、理解できない。こうやって、常夜に来た愛実の気持ちも、彼女が今悩んでいる気持ちも。

親に見向きもされず、捨てられた咲楽には……わからない。

「駄目……！」

愛実の右手が動いた。

その瞬間、咲楽はつい叫んでしまう。

周囲に沈黙が落ちた。

「……駄目、だと思います……」

咲楽の声だけが響いた。実際、建物は反響するほど広くはないのだが、咲楽には自分の声が幾重にも木霊《こだま》しているような気がした。

「わたし、ここの〝商品〟です」

咲楽は鴉に向きなおる。

そして、自分の胸に手を当てて主張した。

「わたしが、なんとかできませんか？」

違うと思ったのだ。

愛実は悩み、選ぼうとした。

けれども、それは本当に彼女が望むものなのか。愛実は、鴉の提示した選択を選ぶべきなのか。

これは正しいのか。

もうひとつ、選択肢があるとすれば——。

咲楽はおそるおそる、愛実の肩に手を置いた。ぎこちなく震えた手だ。同じ人間に触れるのに、胸がドキドキして緊張した。

愛実が咲楽を不安そうに見あげる。

「愛実ちゃんは……それでいいんですか？」

よくはないはずだ。

それは、愛実の顔を見ればわかる。

「狐を見たいのは、お母さんの望みだけど……愛実ちゃんの本当の望みは、なんですか？　狐になることなんですか？」

咲楽自身は両親の望みも、期待も、なにも叶えることができなかった。

おちこぼれで役立たず。

だから、捨てられてしまった。

あんなところへ帰りたくない。両親の監視下にあるアパートの部屋も嫌だ。

でも、愛実はそうではない。

この子には帰る場所がある。

「えっと、おねえさん……？」

愛実は口ごもり、回答をつまらせた。

「わたし、お母さんの望みなんて叶えなくてもいいと思います……そんなの……聞かなくていいんです。それで得られる満足は、愛実ちゃんのものではないんですから」

「え？」

愛実は咲楽を見あげて、パチパチと目を瞬く。

「愛実ちゃんが本当にしたいのは、お母さんに最期の夢を見せることじゃないですよね？」

咲楽は身を屈め、愛実に視線をあわせる。

他人と目をあわせるのは、怖い。怖いけれど……咲楽は視線をそらさないように、力を込めた。

「わたしに依頼してください。わたしなら、なんとかできると思います」

鴉が嘴をなでながら、その光景を見ていた。案内人は、ニヤニヤと楽しそうだ。

愛実の瞳には、涙がたまっていった。

咲楽も瞬きをしないよう努めたので、目が赤くなっていく。

「うん……おねがいします」

愛実は咲楽の手をとった。

5

愛実の家は市街地からは離れた郊外にあるという。

常夜と現世を繋ぐ門は常に開かれているが、行き先は日によって変わる。魔者たちはそれに応じて通る門を選ぶのだ。

送り提灯である彼だけは、門の行き先を自由に選べるらしい。故に、「案内人」と呼ばれているのだ。

案内人に導かれて、一行は薬屋から一番近い門へと歩いていた。

愛実が怖がるので、鴉はただの鳥に姿を変えている。顔だけが鳥類というのは、小学生には受け入れがたいようだ。薬屋にいるときから、ずっとビクビクしていた。

鴉はおとなしく咲楽の肩に止まっている。人間の姿をしていると咲楽も緊張するので、これが折衷案《せっちゅうあん》らしい。とてもありがたい配慮だ。

「なるほど。こういう場面で、汝との契約が効いてくるわけか」

　鴉は咲楽の肩で息をついた。

　彼とは、契約のときにつけた条件によって咲楽の身を守らなくてはならない。

「まあ、商品が危険にさらされるのは、唔としては不本意だし、こうするしかないんだけど」

「鴉さんは、愛実ちゃんやお母さんが、わたしに危険なことをすると思うんですか？」

「危険だよ」

「そんな――」

「汝の能力自体が、実は危険だったりする。汝は案内人の傷を癒やして、腕を一本駄目にした。そのキャパシティーを超える穢れを、今回受けないとは限らないでしょう？」

　鴉はそう断言した。

「でも、案内人さんのときは、今までの穢れも蓄積してて……」

「そう。だからこそ汝の能力値を測る必要もあると思ってる。そういう理由で今回は許したんだ」

「能力値？」

「汝がどの程度の穢れを許容できるか、唔はまだ上限を知らない。無理をさせて、みすみす呑み込まれたら損だ。汝には、すでにいくらか投資しちゃったし」

鴉の意見はあくまでも論理的だった。

たしかに、咲楽は今まで、魔者を癒やしてきている。しかし、それは時間をかけて何回かに分けてのことだった。

それに、今回はただ魔者を癒やすわけではない。

「汝、母親の呪詛を取り除く気なんでしょ？」

呪詛は穢れと同義だ。魔者が怪我をしたとき、穢れが傷からあふれるのは、体内に宿したものが漏れ出ているからである。

それならば、咲楽が吸いあげて癒やせると思った。その原理は鴉のほうが詳しく理解しているはずだ。

「可能ですよね……？」

「たぶん可能だよ。問題は汝の体が、どれだけ耐えられるかだ。一瞬であふれてしまったら、唔がいても意味がない。残念だけど、駄目だと判断したらストップをかけるよ。それは了承してね」

「わかっています」

「とはいえ、汝とあの子は初めて会ったんだから、そんな危険を冒す必要はないと思うんだけどね」

　鴉の言うとおりだった。咲楽と愛実は初対面で、関わりなどない。咲楽が危険を背負う理由などなかった。

「なんだか……うらやましくて」

「ふうん？　うらやましい？」

　咲楽の顔の隣で、鴉が首を傾げていた。鳥らしい仕草である。

「わたしは親に捨てられましたけど……愛実ちゃんは、本当にお母さんが大好きなんだと思って」

　愛実は自分が死ぬような選択を迫られても、母親を選ぼうとした。咲楽には、愛実の想いなんてわからない。咲楽が同じ立場だったら、自分を選ぶだろう。

　咲楽は選ばれたことがなかった。

　たぶん、選ばれたかったのだと思う。

　選ばれたくて仕方がなくて……だから、愛実がうらやましい。ずっと親の愛情を注がれてきたのだろう。選ばれ続けたに違いない。

　愛実の様子を見ればわかる。彼女のマフラーと手袋はよく見ると手編みだ。私物にはひとつひとつ愛実の名前が大人の字で書かれている。

うらやましいが、不思議と妬《ねた》ましくはなかった。

自分にないものを持った少女を妬む気持ちはない。代わりに、せっかくいいものを持っているのだから、それを手放さない方法を考えてあげたかった。

そして、咲楽はそれを提示できる。

こんな気持ちになるのは初めてだ。

愛実のために、自分の力を使いたい。

単純だ。自尊心を満たしたい。承認欲求も強い。鴉のように合理的なビジネス思考では動けなかった。

ただ咲楽個人が満足したいだけ。

「自分のためなら、それでよし。危なくなったら、逃げられる。ただ、汝のソレが他人のための献身だったら、危ないと思ったんだよね」

咲楽の気持ちを読んでいるのか、いないのか。鴉はチョンと、咲楽の肩から頭に飛び移った。

「そろそろ、門を潜るぜ?」

案内人が咲楽たちをふり返った。隣を歩いていた愛実が、咲楽の手をギュッとにぎる。

「怖くないですよ……」

「う、うん」

常夜から現世への門を通るのは二度目だ。咲楽は少し慣れてきた。優しく愛実の手をにぎり返しながら、歩みを進める。

門を潜る瞬間は、なにもない。ただ景色が急激に変わるので戸惑う。なによりも常夜から現世へ出ると、まぶしくて目がくらむのだ。

このときも、咲楽はあふれんばかりの陽射しに目を細めた。目が慣れると、周囲の景色がようやく浮かんでくる。

市街地から離れた田園風景だった。

真冬でも二毛作が盛んのようで、緑色の麦が育っている。ぽつんぽつんと新しめの住宅と、遠くには大きなショッピングモールの看板が見えた。

「あれが、うちだよ」

愛実が指さした先に一軒、住宅があった。

「あらよっと」

現世へ出たからだろうか。案内人は、提灯の姿になっていた。提灯の蛇腹をバネのように使ってぴょーんと跳ね、咲楽の手におさまる。

「ママを……助けてくれるの……？」

愛実の不安そうな視線に応えるよう、咲楽はしっかりうなずく。すると、愛実は咲楽の手を離して数歩前を歩いた。

「あれ？　ママ？」

愛実の顔が焦りに染まる。彼女はくるりとした目をパチパチと瞬かせると、タッと地を蹴って駆け出した。

「ママ！」

「どうしたんですか？」

咲楽が呼び止めるが、愛実は聞いていない。

「ママの声、聞こえない！」

愛実の母は家の中にいるはずだ。こんなに離れていては、声が聞こえないのは当然である。

けれども、愛実には魔者の血が流れている。

常人には聞こえない音が聞こえ、見えないものが見えるのかもしれない。退魔師の咲楽だって、他人とは違う部分は多い。

「待って……！」

咲楽も愛実のあとを追って走った。

「え……」

咲楽の目に映る光景は、幻だろうか。

愛実の後ろ姿が、少しずつ大きくなってきている。腕が前に長く伸び、足が後ろに出ていた。白くて瑞々しい肌は、灰色、いや、銀の体毛に覆われている。

赤いランドセルが地面に投げ出された。

「鴉さん⁉」

これは、どういうことだろう。

目の前を走っていた愛実の姿は、銀色の大きな狐に変じていた。

「一応、断っておくけど……唔はなにもしていないから」

咲楽の肩で鴉が羽を広げた。自分は無実だと主張して、息をついているようだ。

「もともと、彼女には素質があったのかもね。クオーターではあるけど、ちゃんと狐の血を引いているわけだ。あるいは、常夜へ渡ったおかげで、血の呪詛が濃くなったのかな？　どちらにせよ、彼女の力だ」

「戻すお薬とか、ありますか？」

「あるにはあるけどさあ……」

「わかりました、結構です！」

鴉の言葉尻を読んで、咲楽は察する。そして、狐になった愛実に追いつこうと走った。

「愛実ちゃん！」

必死で呼ぶが、愛実は止まらなかった。聞こえていないのか、それとも、獣になってしまったから理解できないのか……魔者には人の言葉を理解しない者もいる。咲楽は不安になった。

麦畑の真ん中に建つ家の窓を、愛実が突き破った。パリーンという音とともに、中へ入っていく。

咲楽も追いついて、破られた窓から中をのぞいた。内側に手を入れて、リビングの鍵を開けると、あっさりと侵入できる。不法侵入という言葉が頭に過《よぎ》ったが、緊急事態だ。靴を脱ぐ暇もなく、土足であがる。

『ママ……ママ……』

愛実の声だった。家の二階から聞こえる。咲楽は急いで階段をあがって、声の方向へ向かった。

階段にも、壁にも、たくさんの絵が貼ってある。だが、家の中を愛実が走り抜けたせいだろうか。何枚か剝がれ落ちていた。

「愛実ちゃん！　止まって！」

咲楽は愛実を追って二階の一室へ入った。

寝台で、女の人がぐったりしている。あれが愛実の母だろう。咲楽は踏み込もうとするが、とっさに足を止めた。ここにも、絵が落ちていたのだ。まるで、咲楽を足止めするように。

咲楽は絵を踏むことができず、動作が遅れる。

部屋には銀色の毛並みをした狐がいた。普通の狐よりも、明らかに大きい。狼、いや、熊のようだ。

前足をベッドにのせて、寂しそうにうなっていた。

『ママの声……聞こえない……』

口から漏れている声ではない。思念のようなものが伝わっているのだ。

狐になった愛実が泣いていると感じ、咲楽はベッドに横たわる母親を見た。

ダブルベッドにひとりで眠っている。微かに布団が動いていた。息をしている。だが、愛実にはそれがわからない様子だった。

「愛実ちゃん！」

咲楽はふたりに近づこうと、部屋へ入る。母親の呪詛を取り除けば、元気になるはずだ。

咲楽は母親に触れるために手を伸ばす。

『やだ！　触らないで！』

けれども、咲楽が近づくと愛実が長い前足で威嚇した。獣の牙を剥き出しにして、低くうなっている。

『ママを助けるの……！』

「愛実ちゃん！」

愛実が目を見開き、咆吼《ほうこう》した。途端に、部屋の窓ガラスが粉々に砕けて割れてしまう。キラキラとガラス片が飛散する中、愛実はぐったりとした母親を口にくわえて、部屋を飛び出した。

「愛実ちゃん、落ち着いて！」

咲楽は窓から身を乗り出したが、追いつけない。

「あー……あれは、駄目だね」

ふり返ると、影が大きくなっていた。正確には鳥の姿だった影が、人の形を作っていく。

そこには、鴉が立っていた。現世だからか、顔は人間である。彼は嘆かわしそうな声をあげながらも、淡々とした表情だった。

「完全に自己を見失っちゃってる。魔者というより獣だね。あれじゃあ、なにを言っても無駄だよ。自分がなにをやっているかもわからなかったし、汝のことも拒絶しちゃった」

鴉は「早く帰って、買ってきたケーキを食べよう」とでも言いたげに、咲楽へ手を伸ばした。

だが、咲楽は鴉の手をとらない。

代わりに、落ちていた絵を拾いあげる。

愛実が描いた絵だろう。

小さな女の子と母親、そして父親が描かれていた。ピンクや黄色など、明るい色が使われ、幸せそうな雰囲気が感じとれる。

隅には、花マルとコメントも添えてあった。

部屋の中を見回すと、やはり似たような絵がたくさんあった。そして、ベッドの枕元には、「ママ、はやく元気になってね」というメッセージも書かれている。

ここには愛実の想いがたくさん詰まっているのだ。彼女がどれだけ母親を好きなのかがわかった。

「鴉さん……愛実ちゃんに、追いつけますか？」

問うと、鴉は面倒くさそうな表情をした。「やれるけれど、やりたくはない」そう口から出てきそうである。

咲楽はとっさに、ガラスが飛び散った窓枠に足をかけた。

「じゃあ、今からわたし追ってきます」

「それは、無――」

無謀、と言いかけた鴉の言葉を最後まで聞かず、咲楽はそのまま飛び降りた。着地の見込みなどない。けれども、確信があった。

「まったく……こういうことをさせるために、唔は約束に応じたわけじゃないんだけどね？」

咲楽の腰が、しっかりとした力で支えられる。言い表せないような浮遊感のあと、視界に映る景色が変わった。

「す、すみません」

「だから、汝は謝罪するような悪さしてないでしょ。これは安全を保障するっていう契約内でやっているんだよ」

「怒られたと思って……」

「そう見えたの？　そりゃあ、悪かったね……というか、自覚があるなら次から改めてもらえると嬉しい」

「怒っていたんですね」

「だから、違うって」

鴉が咲楽の体をつかまえていた。見ると、鴉の背中には黒くて大きな翼が生えており、空を自由に飛んでいる。まさしく鴉天狗であった。

「こういうの、唔は嫌なんだけどさ」

鴉の声は不服そうだった。だが、咲楽を無理やり連れ帰る気はないようだ。そのまま翼を羽ばたかせて、銀色の狐——愛実を追った。

愛実はぐったりとする母親を背にのせたまま、小さな森へと駆けていく。神社だ。この辺りは田園が広がっているが、神社は森のような木々で囲われていた。

鴉が好都合とばかりに、高度をさげていく。

風が耳元で叫んでいる。

空気の冷たさが刃のように刺さった。

鴉が地面すれすれを滑空すると、青々とした麦が風に揺れる。農作業をしていたおじさんの帽子が風に飛ばされていた。だが、咲楽たちの姿は見えていないようだ。鴉が魔者の姿だからかもしれない。

「愛実ちゃん、止まって！」

神社の森で、咲楽たちは愛実に追いついた。

愛実の体が、さっきよりも大きくなっている。見上げなければならない。

退魔師としての経験がない咲楽にもわかる。鴉が言ったとおり、暴走していた。妖力が見境なく漏れ出ている。

同時に、とても弱っていた。

体の中に流れる呪詛の力が強くなっている。このままでは力を放出し続け、自分の呪詛で死んでしまうだろう。

『ママ……ママ……どこ……？』

愛実の声が聞こえる。もう完全に自己を見失っているのだ。背中に自分の母親をのせているのに、ずっと探すように辺りを見回している。

「大丈夫ですよ……」

地面におりて、咲楽は愛実に歩み寄る。けれども、愛実には咲楽の声は届いていないようだ。見向きもしない。

そのまま、愛実は咲楽から逃げるように踵《きびす》を返す。ここで逃がしてしまったら、いたちごっこである。

「そっちは、アンタの行き場じゃねぇよっと」

ボッと宙に火がついた。

愛実の行く手を阻むように、無数の火の玉が現れる。

いつの間にか、案内人が咲楽の足元でぴょーんぴょーんと跳ねていた。彼は口のような大きな裂け目から火をチラつかせながら、咲楽を見あげる。

助けられたようだ。

「すみま……ううん、ありがとうございます」

すみませんと言いかけて、咲楽は改める。ここは、お礼を述べる場面だと学習したばかりだ。

咲楽は一歩ずつ、愛実に近づく。愛実は火から逃げるように、少しずつ咲楽のほうへ追い立てられた。

咲楽は手を伸ばし、愛実の前足に触れる。

愛実の銀色の毛並みはやわらかくて気持ちがいい。それを愛おしく思いながら、そっとなでた。

「大丈夫、ですよ」

緊張している。咲楽は、背中に冷たい汗が流れた。

今まで意識しなかったが、魔者に触れると温かい。そして、冷たい感覚が自分の手を伝って体に流れ込んでくるのもわかる。穢れを吸っているのだと、感覚的に理解していた。

『ママ……ママ……』

愛実が母親を探しながら、咲楽から離れようとする。

だが、咲楽は愛実の首を抱きしめて、それを阻止した。愛実が獣の前足で咲楽を振り払おうとするが、不思議と痛みはない。猪頭の魔者がくれた守りの外套のおかげだと思う。鎧どころか、物理的な衝撃をすべて吸収してくれているようだった。

「愛実ちゃんのお母さんは、ちゃんといますよ」

咲楽は呼びかけながら、手にしていた絵を見せる。愛実が描いた絵だ。愛実は動きを鈍らせた。視界に知っているものが入って、正気を取り戻そうとしている。

「愛実ちゃんは、本当にお母さんが好きなんですね」

美しい毛をなでていると、愛実が落ち着いたように目を閉じた。

体が小さくなって、普通の狐になっていく。やがて、前足は手に。後ろ足は足へと変じた。

「ママ、は……?」

「あそこですよ」

腕の中に抱いた少女に、咲楽はできるだけ優しく微笑んだ。うまく笑えているだろうか。口角がヒクリと痙攣《けいれん》している気がした。

それでも、愛実は嬉しそうに笑い返してくれる。そして、近くで倒れていた母親に歩み寄っていく。

咲楽は母親にも手を伸ばした。

鴉を確認すると、不機嫌そうに顔をしかめて顎をなでている。あまり好ましくないと言いたいのがわかった。それでも、やめさせようとはしない。

そのまま、咲楽は母親の中に留まった呪詛を吸いあげる。もともと、彼女を助けに来たのだ。

「……愛実……？」

衰弱して、虚ろな目が薄らと開く。だが、自分の娘と目があうと、微かに表情が緩んだ気がした。

呪詛を取り除いたが、体力が落ちている。すぐに回復するのはむずかしいだろう。時間をかければ確実によくなるはずだ。

「夢、見てたかも……愛実が狐になる夢……」

母親がうわごとのようにつぶやいた。どうやら、まだ現実と夢の区別がついていないようだ。

「でも、ごめんなさい……おばあちゃんみたいに、遠くへ行ってしまいそうで。なんだか、とても……よかった。愛実がここにいて……」

いや、区別する必要はないかもしれない。

このまま夢で終わればいいのだ。

「愛実……離さないから」

「ママ！　ママ……」

愛実が泣きながら、母親にすがりついている。しかし、どこかで大丈夫だと感じているのだろうか。

その顔はわずかに笑っていた。

愛実の母親を家まで運んで、割れてしまったガラスの処理をする。

テレビアニメや漫画のように、不思議な力で元に戻せたらいいのだが、あいにく、そういう都合のいい術はないらしい。人の姿に化けた鴉も、面倒くさそうに箒《ほうき》とちりとりを使っている。

「おねえさん、ありがとう……」

愛実は片づけながら、何度もそう言ってくれた。

「い、一度言ってもらえたら、十分ですから……」

咲楽は恥ずかしいような気がして、愛実から顔をそらす。

他人から必要とされたいと思っていたが……こういうのには、慣れない。実にわがままだと自分でも思った。

「まあ、これで汝は二度と狐にはなれないと思うけど、汝も母親も人並みには生きられるんじゃないかな？」

鴉は求められてもいないのに解説していた。空気が読めないというか、無粋だ。

「うん……」

愛実は浮かない顔だった。

まだなにか問題がありそうだ。そういう顔だと直感する。

「どうして、汝の母親は狐なんかに憧れたんだろうね。人間の世界で暮らしていたなら、そんなものに焦がれるはずがないのに」

鴉の質問、いや、回答を求めない宙ぶらりんな問いに、愛実は視線を落とした。

咲楽は部屋の中を見回す。

新築の二階建て住宅だ。珍しくはない。戸棚には愛実と母親、そして、父親の写真が飾ってある。

愛実が描いた絵もたくさんあった。どれも家族三人が笑って仲よくしている。

けれども、違和感があった。

玄関の靴は、愛実のものだけだった。母親は衰弱して伏せっていたので、しばらく外出していないはずだ。靴はしまってあるのだろう。

母親の寝室にあったのはダブルベッドだった。そこに、ひとりで寝ている。

愛実の私物で新しいものには、『おぎのめぐみ』と書かれていた。しかし、古いものには『ささきめぐみ』という名前が書いてある。

「普段のごはんやお買い物は、愛実ちゃんがしているんですか?」

「……ううん。近所のおばちゃん……ママのこと心配してくれて……毎日じゃないけど」

違和感の正体が見えてきた。

「……お父さんは?」

愛実には父親がいるはずだ。

けれども、その痕跡がない。寝室に父親の私物はなかった。掃除のために借りた洗面所にもリビングにも、男性が生活している気配が感じられなかったのだ。

愛実の絵には、笑顔で描かれているのに。

「パパは……いなくなっちゃった。遠くのお家に引っ越したって、ママが言ってた」

いなくなっちゃった。

愛実の声は寂しくて、つぶされてしまいそうだ。そして、咲楽を不安そうに見あげる。

こんなに立派な家を建てて、遠くに引っ越し？　それは、咲楽から見ても嘘だとわかった。

亡くなったとしても、家の中に位牌《いはい》のようなものはなかった……母親が愛実に嘘をついた理由を、咲楽はぼんやりと察する。

「パパがいなくなってから、ママはキツネが見たいって言いはじめたの」

そして、それを愛実自身も気づいているのだと悟る。父親のことを語る愛実の顔は酷く不安定で、悲しそうだった。

彼女の母親は……咲楽と同じなのだと思う。

ここから消えてしまいたい。

ここではないどこかへ行きたい。

ここは自分の居場所ではない。

捨てられてしまった自分に居場所なんてない。

そんな気持ちを抱えて生きているのだ。だから、狐である自分の血に焦がれ、求めた。

まったく別の場所で生きていく自分自身に憧れていたのだ。

ままならない現実から逃げたかっただけ。

咲楽と同じ――。

「愛実ちゃん」

咲楽はガラスの片づけが終わった床に、片膝をついた。愛実と視線をあわせ、そらさないように、じっと見つめる。

「お母さんと……ずっと、一緒にいてくださいね」

「え？」

愛実の母と、咲楽は同じだ。

けれども、決定的に違うところがある。

咲楽は誰にも愛されていない。必要とされなかった。いなくなっても構わない人間だ。

それどころか、いなくなったほうが喜ばれているかもしれない。

でも、愛実の母は違う。

愛実がいる。

愛実はこんなに母親のことが好きなのだ。自分の命だって懸けようとした。

そして、母もまた、子を想っている。

愛実が描いた絵には、すべて花マルがついていた。それには、どれも「よくできました。ありがとう」とコメントが添えられている。最初は学校の先生による評価だと思ったが……これは、母親が書いたものだ。

マフラーや手袋は手編みで、着ている服にも名前の刺繍が施してある。飾ってある写真には、手作りのお誕生日ケーキが写っていた。

根無し草の咲楽とは違うのだ。母は愛実に愛され、そして、娘のことを愛している。

「愛実ちゃんが狐になんかなる必要はなかったんです……ここに愛実ちゃんがいるだけで十分なはずですから……愛実ちゃんだって、そうなんでしょう？」

彼女たちは咲楽とは違う。

「お母さんは、おばあさんの日記を大事にしていたんですよね」

愛実は祖母の日記を見て、案内人のところへ行ったのだ。そして、常夜にある鴉の薬屋へと辿り着いた。

「お母さんが本当に、狐を見たかったら――いいえ。現世から消えてしまいたいと思っていたら、いつだって常夜に来られたはずなんです。でも、お母さんはそうしなかった。わたしは愛実ちゃんがいてくれたからだと思います」

常夜に焦がれる気持ちは強かったのかもしれない。だが、結果的に母親は娘を選んだのだ。愛実の存在が彼女を現世に繋ぎとめた。

最初から、狐の姿など必要なかった。ふたりの本当の望みは、そんなものではなかったのだから。

理解したら、きっと大丈夫だ。

咲楽とは違う。

「うん……！」

愛実は不安そうに、けれども、返事は明るかったように思う。

6

現世から常夜への門を潜る瞬間には、まだ慣れない。

けれども、咲楽は夜泳虫のやわらかい光を好ましいと思えるようになっていた。見あげると、夜みたいな空に満月が見えている。買い出しのときは月など見えなかったのに、いきなり満月だ。満ち欠けは、どうなっているのだろう。

しかし、月の出る周期は鴉もわからないと言っていた。これにも、気分だと答えられそうだ。

愛実と別れて常夜を歩く道すがら、咲楽は考えていた。

あの親子は、今後どうなるのだろう。

もう呪詛は取り除いてしまった。普通の人間と変わらないはずだ。今後、狐になることはないだろう。


――おねえさんは、どうして常夜へ戻るの？


愛実と別れる際に問われた言葉が頭に引っかかる。そのあと、すぐに門が閉じて、愛実に返事をしてあげられなかった。

いや、十分な時間があったとしても、咲楽は彼女の質問に答えられたのだろうか。

「汝さあ」

「なんですか……？」

眉間にしわを寄せながら、咲楽は鴉を見あげる。鴉は表情がわからない鳥類の顔で咲楽を見返す。

「兄弟とか、いる？」

鴉の質問に、咲楽は胸の辺りがざわりとわしづかみにされるようだった。

隠していたわけではない。

言う必要もないと思っていたのだ。

そして、自身も忘れようとしていた。いや、忘れたかった。

「姉が……」

「双子？」

「そうです……」

そこまで言うと、鴉は「ふむ」と嘴をなでる。

「双子の姉は、結構優秀な退魔師なんじゃないの？」

「そう、ですね」

大嫌いだ。

まず、そう思ってしまった。

自分の姉について聞かれて、最初にそう感じてしまうなど、咲楽はなんて子供なのだろう。

「関係ないですよね」

「関係なくはないよ。現に汝はあの母娘の呪詛を吸い尽くしても、こうやって平気でいる。この前よりも、明らかに症状が軽いじゃない」

なんの関係があるのだろう。

たしかに、咲楽は平気だ。魔者を癒やしたあとに、いつも発生する倦怠感がある程度だった。腕が炭のようになったりしていない。

「双子は力が強いもんなんだよ。〝繋がり〟を共有しているからね」

「繋がり？」

「個人個人で、倉庫を持っていると思えばいい。その容量には限度があるけれど、双子になると、ある程度、お互いの倉庫に荷物を置いてもよくなる。というより、他者よりも大きな倉庫をふたりで使い放題って感じ？　わかる？」

「まあ、なんとなく……」

「唔はね、汝が母娘ふたり分の穢れを吸うのは無理だと踏んでいたんだ。でも、汝が十分な倉庫を持っていたから、大丈夫だった。唔はよかったなあと思ったよ。そういう話」

オチはないし、意味もない。そう言いたげに、鴉はうなずいていた。個人的に納得したかっただけのようだ。

「もしかすると、この前は姉のほうの倉庫がいっぱいだったのかもね。大きな怪我や病気をしていたとか」

「……興味ないです」

一人暮らしをはじめて、もう別れた姉だ。話したくもなかった。むしろ……今でも繋がりがあると言われているようで気分が悪い。もう関わりたくなんかないのに。──違う、未だに、姉の存在に依存しているような気がして、嫌なだけだ。

「気分を害しちゃったかな」

姉のおかげで助かったような言い回しが気に入らない。

鴉が咲楽に手を差し出した。

穢れを喰ってやるという合図のようだ。

「別に……大丈夫です」

咲楽は不服に思いながらも、鴉の手に自分の手を重ねた。

すうっと、温かい熱が伝わってくる。同時に、体を蝕んでいた倦怠感がとれていった。

「すみ──」

言葉を言いかけて、咲楽はやめる。

そして、呼吸を整え……言いなおした。

「ありがとうございます。鴉さん」

「ふうん。ちゃんとできるようになったね」

ばかにしているのだろうか。それとも、子供だと思われているのか。はたまた、飼い犬のつもりか。

「よしよし」

鴉は咲楽の頭をなでている。

咲楽は煩《わずら》わしくて、首を軽くふった。

けれども、そんなに悪い気はしていなかった。

「じゃあ、帰ったらケーキを食べよう！　おいしいんでしょ？」

「ええ、まあ……おいしいって、図書館の雑誌で読みました」

「楽しみだね」

なんとなく、鴉の口調は浮かれていた。

第三章　白くてふわふわ

1

「ああ、それは素手で触っちゃ駄目だよ」

「は、はい。わかりました」

鴉に指摘されて、咲楽は慌てて手を引っ込める。

目の前に生えているのは、紫の花をつけた植物だ。黒い斑点《はんてん》があり、どことなく毒々しい印象だった。常夜の花である。もしかすると、触るだけで毒気に当てられるのだろうか。

薬草採集も、薬屋での仕事の一環だった。とはいえ、そんなに遠くへ行かなくてもいいらしい。この林は鴉が作った畑のようなものだと説明されていた。ここで、必要な薬草が自生できるように種を蒔《ま》いて環境を整えたのだ。

と言っても、ほとんど野生と変わりない。咲楽が想像する畑とは、大きな違いである。きのこやたけのこ狩りと似た印象だ。

「そいつ、惚れ薬になるんだけど。若い女の子が好きだからさ」

「植物に意思があるんですか？」

「ないと思ってたの？」

「あるんですね……」

「気にしなくていいよ。汝《きみ》たちが肉や魚を食べるのと一緒だから」

「そうですか……」

しかし、それを聞くと、咲楽は植物を採取する行為に一抹の不安を覚える。咲楽だって肉や魚は食べるが、それとは別のように思えた。いや、一緒だ。本質はまったく同じであると理解している。

野菜だって生き物だ。薬草だって同じである。

現世では、それを感じることなく生活していた。精肉にされ、スーパーマーケットの棚に陳列されると、その感覚が薄まる。それだけの話だ。

「そいつ、若い女の子を見ると絡みたがるんだよね。素手で触ったら、セクハラされちゃうかも」

「はあ……はい？」

咲楽は伸ばした手を引っ込める。すると、すでに紫の花からは、にょろにょろと長くて細い蔓《つる》が伸びているところであった。花は左右に揺れて、心なしか嬉しそうだ。花びらの色も、やや赤くなってきた。

とても……触りにくい。

「まあ、いいや。唔《ぼく》が摘んでおくね」

鴉は嬉しそうにしている花を、淡々とした動作で摘んだ。花が少しだけ暴れたような気がしたが、ぽいっと背負っていた籠に放り入れてしまう。まるで、ゴミ拾いでもしているような様だった。

深くは考えまい。咲楽は気をとりなおして、薬草採集を続けた。鴉から、お店で使用すると説明されたものだけを摘んでいく。

そろそろこの生活にも慣れてきた。

鴉が現世へ買い出しに行くのは、稀だ。ほとんどの時間を常夜で過ごしている。

朝はコーヒーを飲んで、薬草採集。昼間からお店を開けて、魔者相手に薬を売っている。薬草の精製をしながら、片手間で売っているわけだが……咲楽が思った以上に、鴉の店は繁盛していた。

毎日、ひっきりなしに客が来る。「いつもの薬をおくれ」と要求されることもあれば、「こういう悩みがある」という漠然とした相談まで。鴉はそれらを聞き、適した薬を選択するのだ。

咲楽の役目はあまりない。

店番をして簡単な要求や、金銭の受け渡しの手伝いをしている。ショップ店員のようなものだ。それも、精製や品出しはすべて鴉が行うから、だいぶ楽な仕事である。

今日も、きっと同じ作業だと思う。

これで大丈夫なのだろうか。

それでも、鴉は咲楽に価値があると言い、大事にしてくれる。

服も買ってもらったし、寝床も整った。咲楽の食べる食品もそろっている。鴉の料理はイマイチなので、調理は咲楽の仕事だが、鴉も咲楽が調理したほうがおいしいと認めて任せてくれた。

役割は、それくらいだ。

けれども、愛実との一件を咲楽は忘れていない。

あの母娘を救えたのは、咲楽の力だ。

ふたりは元気にしているだろうか。

今、どうしているのだろう。

他にも、救える魔者がいたらいい。もちろん、咲楽の力が必要な怪我や大病など、ないほうがいいに決まっている。自分の考えが不謹慎なのもわかっていた。

「…………」

それにしても、咲楽はこれまで他人の様子を気にしたことなどなかった。それに気づいて、自分でもハッとした。

咲楽はクラスメイトの名前もろくに覚えていない。それなのに、愛実についてはこんなに心配している。

どこで差ができてしまったのだろう。

どうしてだろう。

「ふむ……汝、ちょっとおいでよ」

「え、はい」

ぼんやりと薬草採集を続けていた咲楽に、鴉が声をかけた。咲楽は脇に置いた籠を背負い、鴉のそばへ走る。

「あれ、結構レアだよ」

鴉が指さす先を、咲楽は何気なく見た。

そして、目をまんまるに見開く。

「う、うさぎ……ですか？」

うさぎと断定できなかったのは、ソレがあまりにも大きかったからだ。見あげるほどの毛の塊。

新雪のように白く、もふもふとした毛が風に揺れていた。巨大な綿毛である。それも、耳があり、うさぎの形をしている。

「あ、あれって……魔者なんですか？」

「魔者かどうか聞かれると、ちょっと微妙だね。汝ら退魔師だったら魔者に分類すると思うけど。ケサランパサランって聞いたことない？」

ケサランパサラン。ふわふわと漂う綿毛で、様々な伝承が残されている。持ち主に幸運を呼ぶと言われていた。

「あの大きなうさぎがケサランパサランなんですか？　大きすぎる気が……すごく目立ちます」

「汝たちがケサランパサランと呼んでいるのは、アレの綿毛のほうだからね」

「なるほど」

「汝、つくづく運がいいよね」

「そう、なんでしょうか……」

「うん。あれは常夜でも滅多にお目にかかれないよ。ちょっと話しかけてみようか」

い様子だ。

「いいよ、いいよ。嫌だったら、逃げていくだろうさ」

鴉は軽い口調で言いながら、ケサランパサランのほうへ歩いていく。ずいぶんと気安い様子だ。

咲楽は慌てて追いかけた。

「やあ、久しぶり。元気だった？」

鴉が手をあげると、ケサランパサランがこちらをふり返る。もふもふの毛に覆われた顔に、目のようなものが光っていた。

赤い目に見られて、咲楽は思わず尻込みする。

「鴉か……そなたに見つかるとは、朕《ちん》も不運であるなあ」

「唔のことを疫病神みたいな言い方をするの、失礼だと思うけど」

「気にしてなかろうに」

「まあね」

慣れた距離感でのやりとりだった。どうやら、鴉とケサランパサランにはちゃんと面識があるようだ。咲楽は鴉の後ろで、小さく会釈した。

「ふうん」

ケサランパサランが咲楽に興味を持った。巨体に見あわない高めの声でうなり、咲楽を凝視している。

「珍しいでしょ？」

鴉が問うと、ケサランパサランは「うむ」とうなずく。

「そなたが人の子を連れるとはな。どういう風の吹き回しか……」

「え？　そっちを珍しがるの？　よく見てよ。この娘は稀子《まれこ》だよ？」

「稀子なぞ、朕ほど珍しくもなかろう。しかし、そなたが連れを。それも、人の子……そうか、そうか。いやあ、これは珍しいものを見せられた」

「ええ？　そんなに？」

ケサランパサランの言い草に、鴉はちょっと不満そうだった。不機嫌とまでは言わないが、あまり納得していない。そんな雰囲気だった。

少し一緒にいれば、鴉の感情が、なんとなく理解できるようになってきた。彼には表情がないが、仕草や声音でわかる。

「まあ、いっか」

「ふん。そういうところも、実にあいかわらずであるな。まあ、よい。朕は機嫌がよいぞ」

ケサランパサランは前足を一歩、咲楽の前に踏み出した。

咲楽は思わず後退しそうになる。が、鴉に背中を押されたので数歩前進した。

「手を」

ケサランパサランにうながされるが、咲楽は反応が遅れてしまった。

「手を前に出して。よかったね、汝」

鴉が穏やかな声で、咲楽の肩を叩いた。そこで、ようやく咲楽は両手を前に出す動作をする。

「こう、ですか？」

なぜか、鴉を見あげて問う。鴉は黙ってうなずいてくれた。

「ふんっ」

ケサランパサランが鼻息を強く噴いた。強めの風が立ち、咲楽の髪がふわふわと舞いあがる。

咲楽の前に、綿毛がひとつ現れていた。咲楽は前に出した両手で、それを受け止める。

「朕の毛である」

綿毛は触れると、もちもちとした弾力があった。しかし、重量は感じられない。風が吹けば、すぐに飛んでいきそうだ。

「くださるんですか……？」

おそるおそる聞くと、ケサランパサランは「ふん」と軽く息をついた。これは肯定だ。

「よかったね。桐の箱をあげるから、白粉《おしろい》と一緒に入れておくといい。そうしたら増えるから。幸運のラッキーアイテムみたいなもんだよ」

「はい」

咲楽が綿毛をしっかりつかんだのを確認すると、ケサランパサランは大きな体をぴょんぴょんバウンドさせて、背を向けた。

体が大きいのに、動いても地鳴りひとつしない。どういう物理法則に従っているのだろう。それとも、体重が軽いのだろうか。

「ケサランパサランは常夜じゃあのサイズだけど、現世に行くと案外小さいから」

このくらい。と、鴉は両手でサイズを示してくれた。だいたい普通のうさぎと同じくらいのようだ。

「は、はあ……そうなんですね」

必要かどうかわからない解説を鴉がしてくれた。

「なに？　その微妙な表情。もっと喜んでよ」

「え……嬉しいですよ」

「本当？」

「はい。とっても」

「表情がわかりにくいよね、汝。いつも引きつってるし」

「よ、余計なお世話です。それに、鴉さんほどわかりにくくないです」

「なんで？　唔は、こんなに表情豊かなのに」

「え？」

「え？」

言い合いながら、咲楽は手の中に残った綿毛を見おろす。

幸運のラッキーアイテム、か。

これをもらえて、咲楽になんの意味があるのだろう。

2

——神楽、よくできたね。

ふとした瞬間に、記憶の声が、棘《とげ》のように心に引っかかっていた。

そして、思い出すのだ。

「汝、大丈夫？」

手が止まっていたのだろう。

台所で調理をする咲楽の背に、鴉が声をかけていた。咲楽は我に返って、フライパンに視線を落とす。鮭のムニエルが危うく焼けすぎてしまうところだった。

火を止め、ムニエルをフライパンからお皿に移す。鮭は加熱すると崩れやすくなるので、慎重に。焦げてはいない。香草とオリーブオイルのにおいがふわりと鼻腔まで届いた。

常夜にはガスも電気もない。代わりに、小さな虫たちが助けてくれる。

暗闇を照らすのは、辺りに漂う夜泳虫。火を使うときは、火虫《ほのむし》が集まってきた。ここでは、鴉によって台所に置かれたコンロに火虫が集まってくるよう仕掛けがされている。

壊れたガスコンロを現世で拾って、再利用しているらしい。咲楽としては、現世と同じように調理できるので助かる。

他にも、冷蔵庫やオーブンを動かすのは、雷虫《らいちゅう》を使っているようだ。常夜の虫は、本当に生活と密接に関わっている。

虫が苦手ではなくて、よかった。

「すみません。食べましょうか」

鮭のムニエルをふたり分盛りつけて、咲楽は身をひるがえす。あまり詮索されたくなかったからだ。

「そうだね。せっかく、作ってもらったし。楽しみにしてたんだ」

咲楽は鴉に表情が見えないように、お皿をダイニングテーブルに並べる。ムニエルとサラダ、ポタージュだ。

簡単なディナーセットである。

テーブルには、すでにアルコールランプで湯が沸かされていた。それを使用して、ふたり分、ビーカーにインスタントコーヒーを作る。

鴉はコーヒーがお気に入りで、毎食ごとに飲む。そういえば、マグカップを買い忘れてしまった。今度、現世へ行く際は注意しなくては。

壁にかかった時計の秒針が響く。

咲楽が鴉に買ってくれるよう頼んだ壁時計だった。ここにいると、時間の感覚がわからなくなってしまう。鴉や魔者たちは時計がなくとも時間どおり動けるようだが、咲楽はそんなことなどできない。

「いただきます」

ムニエルを口へ入れると、周囲のカリッとした食感と、ほろほろと崩れる魚の味が広がった。脂の甘みがほどよく口の中で溶ける。常夜の香草を使うのは不安だったが、とてもいい香りだ。少々癖はあるが嫌いではない。

現世でも、自分で食べるためによく作った。そのときと、味はあまり変わっていなかった。

なのに、ちょっとばかりおいしいと思えるのは、空気がいいからだろうか？

「さっき、なに考えてたの？」

鴉の問いに、咲楽は手を止めた。

「……なにも考えていませんでしたよ」

「そんなことないでしょ。汝って、もうちょっと悩みの多い娘だと思うんだけど」

「酷いですね。偏見ですよ」

「辛辣《しんらつ》だなあ」

鴉の言葉は、見透かしているかのようだった。

「だって、思ったよりもあっさりとこっちに来たじゃない。穢れをためこんで、親から見捨てられた件を差し引いても、ちょっと異常だと思うけど」

「異常ですか」

「汝たちの尺度だと、そう思うよ。唔が悪い魔者だったら、どうしてたの」

込んだ。


「それは、やっぱり異常だと思うよ。人間の持つような感情じゃないでしょ」

それを指摘するのも魔者らしくないと思う。と、咲楽は口にしようとした言葉を呑み込んだ。


咲楽は腹の中に、黒い感情がたまっているのを自覚する。それは口に出したくないような歪《いびつ》なものだ。

そして、ずっと咲楽がひとりで抱え込んでいる。


「思い出しただけですよ」

どうして言いだしてしまったのか。

きっと、咲楽の感情を鴉が理解できないと思ったからだ。彼は合理的で、淡々と咲楽を分析する。だから、この感情にも明確な線を引いてくれると期待した。

鴉は「それは人間の持つような感情じゃない」と言いながら、咲楽に理解や共感を示してくるわけではない。自分の尺度に落とし込んで、呑み込もうとするだけだ。

一種の好奇心。

それだけだ。だから、咲楽が黙っていれば、また同じ質問をするだろう。


「わたしは、退魔師にとってはいてはならない存在ですから。家では、存在していなかったんです」

「なに言ってるの？　汝はちゃんと存在しているじゃない」

「人間は、存在を都合よく無視できるんですよ」

いなかったものとして扱える。

都合が悪いものは、忘れたふりができるのだ。

「わたしは、両親から一度も自分の名前を呼ばれたことがありません」

そういう記憶がなかった。少なくとも、咲楽の中にはその事実はない。

ただ、ながめているだけだった。

双子の姉が――神楽が大事にされている様を。離れた位置から、物欲しげにながめていた記憶しかないのだ。

食事も部屋も与えられる。

衣服にも困らなかった。

けれども、誰も咲楽を見ないのだ。空気のように扱った。

話しかけてはくれない。話しかけても、誰も応えてはくれなかった。

物心ついたときから、咲楽は独りだった。

ずっと、いらない人間だった。

「へえ、それは酷いね。かわいそうに」

鴉の声は、やはり淡泊だった。細かく切り分けたムニエルを啄《ついば》んで、夕食を満喫している。まるで、テレビで垂れ流しているニュースを見て「かわいそう」と言っているかのようだった。

「そんなに気に入らない子供だったなら、唔なら殺してしまうな」

鴉から、あまりにあっさりと言われ、咲楽は背筋が凍りそうだった。表情のわからない鳥の顔が、今はとても恐ろしく思える。

「どうして生かす意味があるのかな。そこが唔には不思議だよ」

「それは……殺人罪になりますし」

「ああ、そうか。そういう法があったね、そちらには。そういえば、汝は自分の穢れのことを知らされず、放置されていた。自分たちで手を下すという行為ができないから、そんな回りくどい手段を使ったわけか。効率が悪いと思っていたけど、そういう話なら納得かな。大変、理にかなっているね。勝手に死ぬのを待つだけじゃ、自分たちが殺したことにはならない。ただの自滅だもの」

鴉はひとりで両親の行いを再評価した。その口調は、「唔も同じ立場なら、そうしたかもね」と続けそうだった。

怖い。この魔者は、恐ろしい。

そう思うけれども、奇妙なことに咲楽の心は軽くなっていた。

咲楽が抱えていた闇は、鴉にとっては些事だ。同情の言葉をかけはするが、形ばかり。彼にとっては、両親の行いも残酷などではなく、合理的な〝手段〟である。

変に同情されるよりも、胸がスッとする。

かわいそうだと言葉をかけられたって意味がない。淡々と咲楽の声を聞いてくれるだけでいいのだ。咲楽は解決策も憐《あわ》れみも求めていないのだから。

もう捨ててきた。だから、これでいいのだ。

「咲楽も早く食べちゃいなよ。夜更かしは、肌によくないんだろう？」

「あ、はい」

返事をしながら、咲楽は違和感に気づいた。

今……？

「どうしたの？」

まじまじと見つめてしまった。その表情が気になったようで、鴉が首を傾げている。

咲楽はサッと視線をそらした。

鴉が咲楽の名前を呼んだ。聞き間違えではなかったと思う。

誰かから、名前を呼んでもらう。

もちろん、学校では呼ばれていた。だが、親しい間柄と言える人間もいなかったので、苗字か、フルネームが多い。

だから、どきりとした。

遅れて、心の奥が明るくなる気がする。

「なんでもないです……」

「うん。食べたら、ちゃんと寝るんだよ」

鴉は食べ終わった皿を置いて、立ちあがる。なんだか、ちょっぴり寂しい気分だった。

思えば、こうやって誰かとごはんを一緒に食べるなんて、今までの咲楽の生活にはなかった。

とても〝新鮮〟だ。

そう、咲楽にとって、これは新鮮な体験だった。

常夜へ来てから、早寝するようになった。代わりに、朝はそれなりに早い。

夜寝る前には、少しずつ本を読むようにしていた。鴉が買ってくれた小説だ。咲楽が読み終わったら、鴉に渡す予定になっている。

だが、咲楽は小説を読みながら、これを鴉に読ませていいのか迷ってしまう。

内容は非常に面白い。しかし、平安京を襲って暴れ回っていた魔者・奴延鳥《ぬえ》を退治する話だったのだ。作中では『妖怪』と書かれているものの、魔者の視点で魔者退治の話を読むのは、どうなのだろう。

とはいえ、奴延鳥退治を命じられた源頼政《みなもとのよりまさ》の人物像には惹かれるものがある。『平家物語』や派生の伝説を原典にしながら、逸脱しない程度に脚色が施されているのが面白い。特に、奴延鳥の正体が頼政の母親であると判明する場面では、咲楽も泣きそうになってしまった。愛媛県久万高原町《えひめけんくまこうげんちょう》に伝わる伝説を採用したのだと思う。

もう少しで読み終わるが……夜更かしで寝不足になるのも嫌なので、咲楽は名残惜しく思いながらも、布団の中に潜り込もうとする。

だが、ふと桐の箱の存在を思い出した。

白粉を入れなければ。

朝、ケサランパサランからもらった綿毛が入っている。鴉が白粉を用意してくれたので、箱に入れておいたほうがいい。こうすれば増えると聞いている。すっかり忘れて、眠ってしまうところだった。

窓からは月明かりなど差していない。今日は月が出ていないので当然だ。漂う夜泳虫が辺りを照らしてくれている。眠るときは、虫除けの香《こう》を焚くと暗くなる。

窓はガラスがはまっていないので、虫はそこから出入りした。

咲楽は桐の箱を開ける。

ケサランパサランの白い綿毛は、きちんと箱におさまっていた。触るとふわふわしているが、弾力があって不思議だ。おいしそうな気もしたが、食べられないことはわかっている。

咲楽は机の端に置いていた白粉入りの瓶を手に取る。

「ああ……！」

風は吹いていなかったと思う。

それなのに、綿毛がふわふわと流されるように、咲楽の手を離れていってしまう。まるで、糸で引っ張られているかのようだった。

咲楽は一瞬迷ったが、綿毛を追いかけることにした。行方がわからなくなったら、すぐに引き返そう。そう決意して、ガラスのない窓から外に出る。

一階で、たいした高さもなく、すんなりと地面に着地できた。守りの外套も忘れず持ってきたので、走りながら羽織る。

夜泳虫が照らす暗い道を、綿毛を追って走った。綿毛はふわふわと、咲楽を誘《いざな》っているかのごとく離れていく。

「あれ?」

見失ってしまった。

咲楽は周囲を見回すが、白い綿毛はどこにもない。蛍のように舞う夜泳虫だけが、辺りを飛んでいる。

どうしよう。

そろそろ引き返したほうがいいかもしれない。綿毛がなくなったのは残念だが、しょうがない。咲楽ひとりでは、常夜を歩くのは危険である。

「ねえねえ、お姉さん」

くるりと踵を返した途端、頭上から声がした。

ねっとりとした色気のある、女性の声だ。

咲楽は何気なく、頭上を仰ぐ。

夜泳虫に照らされて、白い糸が光っていた。木と木の間を巧みに繋いでいる。まるで、橋だ……いや、これは巣である。

巣の中心で、こちらを見おろしていたのは蜘蛛《くも》だった。

大きくて長い足を広げ、巣にはりついている。胴体は人間の上半身で、青白い顔が咲楽を見て笑っていた。黄緑色の瞳が不気味に獲物を狙う目つきをしている。

女郎蜘蛛《じょろう》だ。

人間の男を罠にかけ、生気を吸いとる。退魔師の間でも、凶悪な魔者に分類されていた。

「これは、あなたのかしら？」

女郎蜘蛛が咲楽のほうへ顔を寄せる。乱れた長い髪が目の前まで垂れてきた。

「…………」

「これよ」

咲楽が黙っていると、女郎蜘蛛が白い綿毛を示した。ケサランパサランの綿毛である。どこかへ消えたと思ったら、彼女の巣にかかっていたようだ。

「あらあ？　お姉さん……よく見たら……人間なの？」

鴉の買ってくれた服によって誤魔化されているが、咲楽が人間である事実は変わらない。完全に隠すのは無理だった。

女郎蜘蛛が目を細める。どうやら、退魔師ということまではわかっていないようだが、とても危険だ。

常夜にいる人間など、喰われても仕方がない。

どうして鴉と一緒に来なかったのだろう。咲楽はひとりで来たことを後悔した。喰われるかもしれない。

そう思うと、胸がドキドキした。別に、自分の命なんて惜しくなかったはずなのに。消えてなくなってしまいたかったはずなのに。

頭に鴉の顔が浮かんだ。

せっかく商品になったのに、申し訳ない。咲楽が食べられたあと、鴉の料理を作る人がいなくなってしまう。

そんなことを考えていた。

「もう。答えてよ」

女郎蜘蛛の顔が間近まで迫ってくる。

黄緑色の瞳に、舐め回されているようだった。ギョロリとした白目は充血していて、目の周りも腫れあがっている。

「あ、あの……」

緊張する中、咲楽は声をしぼり出した。

「もしかして……泣いていましたか？」

女郎蜘蛛の頬には、涙のあとがあった。目は腫れ、声もかすれている。

泣いていたのではないか。そう指摘すると、女郎蜘蛛は大きな目を見開いた。そして、咲楽から視線をそらす。

「ど、どこか痛いんですか？」

問いかけたが、女郎蜘蛛は答えてくれなかった。いそいそと咲楽から離れながら、顔を赤くしている。

「怪我があるなら、見せてください。治しますから、それで許していただけないでしょうか……あ、その……わたしは、鴉さんのところで働いていて……いや、商品なんです。だから、魔者の傷を癒やすのが特技です」

自分でも、たどたどしい自己紹介だと思った。もっとうまい言い方があるのではないか。ちょっと呆れてしまう。

「鴉……？　薬屋の？」

「は、はい。咲楽と申します！　よろしくおねがいします！」

自己紹介ついでに叫びながら、咲楽は頭を深々とさげた。場違いな気がしつつも、これを逃すとあいさつがしにくい空気になると直感したのだ。

「そう。あなたが？」

ぷっ。と、女郎蜘蛛が噴き出したのを感じ、咲楽は顔をあげた。どうやら、笑われたようだ。

「変な人間ね。自己紹介なんていいのよ。知っているから。有名なのよ、あなたたち。うちの子たちが言っていたわ」

「うちの子？」

「蜘蛛はみんな、あたいの配下なの。そこらに張り巡らされた糸を通じて、常夜の情報は、あたいのところへ集まってくる」

女郎蜘蛛はストンと、体の大きさに反して軽い音を立てながら、巣から咲楽の前におりた。

「現世では力も弱まるし、そうもいかないけどね。常夜は、あたいの庭みたいなものよ」

手には、ケサランパサランの綿毛がある。彼女は綿毛を咲楽に差し出した。

「あたいは怪我なんてしているわけじゃないよ」

「ぴょ、病気でも治せると思います」

「そうじゃなくて……あとね、なにか勘違いしているみたいだけど、あたいは女の生気は吸わないの。喰うのは男だけよ。だいたい、あなたまずそうだし」

「おいしくなさそうで……すみません」

「それ、謝るところなの？」

淡泊に会話しているが、女郎蜘蛛の青白かった顔は真っ赤になっていた。目も充血しており、明らかに具合が悪そうだ。

やはり、どこかが痛いのだろうか。

咲楽は綿毛を受けとりながら、おろおろとしてしまう。鴉に診せたほうがいいかもしれない。

「ねえ、それより。あなたは人間なんでしょ?」

「え、はい。そう、ですけど……」

どうやら、女郎蜘蛛は本当に咲楽を襲う気はないらしい。咲楽は気の抜けた返事で肯定した。

女郎蜘蛛は急に、体の前で自分の指をもてあそびはじめる。どういう意味なのか、咲楽には理解できない。なにかの暗号だろうか?

顔が赤いが、本当に大丈夫だろうか。熱でもあるのではないか。心配だ。

「ちょっと……見てきてほしいものがあるんだけど」

「はい」

「その、ね」

「はい」

「えっと」

「はい！」

咲楽は女郎蜘蛛の言葉を聞き逃さないように、前のめりになった。これは、咲楽への依頼だ。そう思うと、つい真剣になってしまった。

「あなた、顔が近いのよ！　話しにくい！」

「あ、す、すみません……」

前のめりになりすぎた。咲楽は反省して、一歩さがる。

そこで、ようやく女郎蜘蛛が咳払いした。

「人間の男の様子を……見てきてほしいの」

「人間の？」

「話すと長いんだけど……」

女郎蜘蛛は気まずそうに話しはじめる。

彼女はあるアパートのベランダに住みついていたのだという。現世では、蜘蛛として過ごしているらしい。このサイズではなく、普通の蜘蛛としてである。

魔者たちは、ほとんどの者が仮の姿を持っており、現世と常夜では違う生活を送っていた。その変貌は、送り提灯である案内人や、鴉でも咲楽は確認している。

女郎蜘蛛が住みついたアパートには、ひとりの青年が暮らしていた。眼鏡をかけており、地味で冴えない、どこにでもいるありふれた人間だ。

現世での女郎蜘蛛は、ただの蜘蛛である。女郎蜘蛛はベランダから部屋に入り、巣を作ろうとした。けれども、住人である青年に見つかってしまったのだ。

「あなた、家の中に蜘蛛が出てきたらどうする？」

「追い出しますけど……殺してしまうのはかわいそうですから」

「普通は蜘蛛と一緒に住みたいなんて、思わないわよね？」

「そう言われると……」

「そうよね。でも、彼は違ったのよ……」

部屋の中に入りこんだ女郎蜘蛛を見つけても、青年はなにもしなかったのだ。女郎蜘蛛に気づいていながら、そこに住まうことを許してくれた。もちろん、彼には女郎蜘蛛が魔者だとはわかっていないだろう。

蜘蛛がいたって無頓着な人間もいる。けれども、彼はそうではなかった。

青年は毎朝仕事に出て、夜は疲れた様子でワンルームに帰ってくる。そして、「いってきます」や「ただいま」など、簡単なあいさつを女郎蜘蛛にしてくれるのだ。まるで同居人である。いや、青年からそのように呼ばれたこともある。

生活からうかがうに、実家の家族と連絡を取っている様子もない。友達の類も少ないようだった。

寂しそう。

そう感じたのは女郎蜘蛛の思い込みだろう。だが、そんな彼だから蜘蛛を同居人に見立てたのかもしれない。

「本当に冴えなくてダサい男なのよ。優しいだけが取り柄のお人好し。たぶん、出世もしないわ。あまりモテるタイプとは言えないのよ」

「とても優しい男性のようですね。素敵じゃないですか」

「素敵なんかじゃないわよ。本当の本当に駄目な男なの。ちょっと間抜けで、部屋の中でもよくつまずいていたりするの。そんな男だから、あたしもつい生気を吸いあぐねちゃって……」

「はい、なるほど」

咲楽は女郎蜘蛛の話をメモにとりながら聞いた。鴉の店の仕事を覚えるために、いつも持ち歩いているのだ。ここで役立ってよかった。

「最近、彼に……女ができたみたいなの」

「女、ですか？」

「絶対に騙されているのよ。あんな男、どこの女が相手するっていうの！　絶対に詐欺なんだから。あたいが目をつけた男を騙して横取りなんて許せないわ。どんな女なのか、確かめてやらなきゃ。あたいがしっかりしなきゃ駄目なんだから！」

「つまり……女郎蜘蛛さんは、その男性の恋人がどのような人間なのか、確かめたいんですね？」

「あなた、なに聞いていたの？　恋人じゃないから！　たぶん、騙されてるの！　騙されていないなら、別にいいんだけど……ううん、よくないってば！」

「すみません。簡潔にまとめすぎてしまいました……男性が騙されていないか、確認したいんですね。いい女性に巡り会えたのか、気になると」

「そうじゃないってば！」

「でも、それって女郎蜘蛛さんが生気を吸うために必要な情報なのでしょうか？」

女郎蜘蛛は人間の男の生気を吸う魔者だ。

なので、今回の女郎蜘蛛の依頼が生気を吸うために必要だとは思えないのだ。それに、咲楽は魔者のために薬屋で働いているとはいえ、人間に害を与えるために手伝いたいとは思えなかった。

けれども、女郎蜘蛛は咲楽の問いに両手を前に出して、首を横に振る。

「ばかにしないでよ！　あ、あんな男の生気なんて、いらないいんだから。それに、あたいだって四六時中、生気を吸いたいわけじゃないの。喧嘩早いとか、暴力的とか、そういう力がありあまった人間から、必要な分だけもらうので十分よ！」

生気が目的ではないのに、どうして男性の情報が欲しいのだろう。

「あ、わかりました」

女郎蜘蛛の言い方が回りくどいので苦労してしまう。咲楽は自分なりに解釈して、メモを閉じた。

「つまり、女郎蜘蛛さんは男性に好意を寄せているんですよね」

「な……！　わかってない！　ばか、違うわよ！　同居人が心配なだけ！」

「ち、違うんですか……？　すみません……でも、同居人に好意を持つのは自然だと思います。そうでないと、心配なんてしませんし」

「ち、ちが……あなた、鴉に似てるって言われない？」

「言われたことはないです……わたし、鳥類の顔はしていませんし」

「顔じゃないわよ。頭の話！」

「髪型、似ていますか？」

「中身よ！」

女郎蜘蛛の話はわかりにくい。咲楽は困ってしまう。

しかし、彼女の論調ではどう考えても人間に好意を寄せている。魔者なのに、奇妙だ。

咲楽はすぐに自分と鴉の関係を思い浮かべた。

鴉は咲楽に興味を持ち、商品として置いている。その言動から、彼は咲楽に一定の好意も寄せてくれていると感じた。

それは、咲楽も同じである。鴉に対して、ある程度の興味と好意を持っているつもりだ。鴉は咲楽にとって、常夜で一番信頼しなくてはならない魔者だった。

とてもビジネスライクだが、それ以上の間柄でもあると思う。

たぶん、似たようなものだ。

少なくとも、咲楽はそう解釈した。

「わたし、ひとりでは門を通れないので現世へ行けないんです。鴉さんに相談しても、いいでしょうか？」

「え、あいつに？　嫌よ！　そ、そのくらい、あたいが連れていくから……あなたの肩に、あたいをのせてくれたら十分よ」

鴉に内緒にしなければならない。それを聞いて、咲楽は一瞬悩む。

咲楽は鴉の庇護下にある。女郎蜘蛛に敵意はないとはいえ、不安だった。

けれども、これは咲楽への依頼だ。仕事である。

それに、現世のほうが人間の咲楽にとっては安全なはずだ。人間の男性の様子を見て、帰ってくるだけである。

「わかりました」

咲楽が返事をすると、女郎蜘蛛の表情がパッと明るくなった。

その顔を見ているだけで、なんだか咲楽の心も温まる気がする。

3

朝、といっても、周囲は暗い。

部屋に漂う夜泳虫の灯りで、咲楽は目を覚ました。夜に焚いた虫除けの香は、ちょうど朝方に切れるのだ。

体を起こして伸びをすると、とても頭がすっきりとしていた。どうしてだろう。と、咲楽はしばらく考えてみた。

今日は夢を見なかったのだ。

別に毎日夢を見ていたわけではない。だが、夢の内容は決まっていた。だから、咲楽が見るのはいつも、鴉が言うところの「悪夢」である。

咲楽はベッドから滑り出た。

「おはよう、咲楽。早くコーヒーを淹れてよ」

ダイニングへ行くと、すでに鴉が座っていた。読み物をしながら、咲楽がコーヒーを淹れるのを待っている。自分でも淹れられるはずだが、最近は咲楽にコーヒーをねだることが多い。

「起こしてくれれば、すぐに淹れましたが……」

「うーん。それも悪いでしょ。いつもより早く起きたのは唔なんだし」

「そうですか?」

「咲楽は寝坊しないって、わかってるからね。ああ、そうだ。今日はトーストがいいなあ」

「目玉焼きはいりますか?」

「お願いできる?」

「はい」

咲楽はコクリとうなずいて台所へ向かう。ここの使い勝手にも、だんだん慣れてきた。

鴉はパン派だ。夜はお米も食べるが、たいてい朝はパンを要求した。台所には、食パンとバターロール、フランスパンが常備してある。今日はトーストなので、咲楽はその中から食パンを選んだ。

八枚切りの薄い食パンである。鴉の好みだ。バターは焼く前に両面に塗っておくのが気に入ったらしい。

鴉は味のストライクゾーンが広くて、最初はまずいごはんでも、平気で食べていたけれども、咲楽が来てからは明確に自分の好みを述べるようになった。

トースターに食パンをセットして、今度はスープ作りに取りかかった。来たころは戸惑ったが、今ではきちんと火虫も使える。

熱したフライパンに卵をふたつ割って目玉焼きも作る。

野菜はやわらかく煮て、コンソメ味に仕上げた。固形のコンソメスープの素があるので、とても簡単だ。

スープを煮る間に、手早くプレートの準備をする。生野菜のサラダとスープ皿を並べたところで、トーストが焼けた。それも平皿に盛りつけておく。鴉の分は、嘴でも食べやすいように一口大に切った。目玉焼きものせる。

いちごジャムを添え、スープを注いだら朝食が完成だ。もちろん、コーヒーもビーカーに入れる。

「いい匂いだね」

鴉は顔をあげ、古くて分厚い本を書架に戻した。

食事中は本を読まないほうがいいと、数日前に咲楽が注意したのを覚えているのだ。こういうところは、律儀である。

「インスタントコーヒーですけど」

「違うよ。料理がいい匂いだねって言ったの」

そちらか。あまり凝ったメニューではないのに、鴉は咲楽の朝食を褒めてくれる。常夜に来て言われ慣れたが……いや、慣れない。ちょっと心の奥がかゆくて、居心地がいいような、悪いような。

「簡単なお料理しかできませんが……」

「それでも、唔が作るよりもずっとおいしいよね。むしろ、咲楽の料理よりおいしいものを、唔は食べたことなくってさ」

「……朱莉さんのレストランのほうが、たぶんおいしいですよ」

「そうかもしれないけど、食べてないんだもん。唔は現状の話をしているの。食べていないものと、実際、目の前に並んでいる料理の味は比べようがないよ」

朱莉とはつきあいが長そうに見えたのに、食べたことがないのは意外だった。咲楽は席について、自分のプレートを見おろす。

スープから温かい湯気がのぼっている。こんがり焼いたトーストは、まだ熱くて持てないだろう。ドレッシングのかかったサラダも瑞々しい。目玉焼きも、きれいな半熟だ。目新しいものではないはずなのに……どうしてか、いつもよりおいしそうに感じた。

「こういうの、人間の家族みたいだよね」

「え」

家族、という響きに咲楽は手を止めてしまう。

一方の鴉は気にしていない様子で、朝食を摂っていた。

咲楽は鴉の店の商品だ。家族などではない。咲楽は人間で、鴉は魔者。血の繋がりもなかった。

それなのに、鴉の言葉が自分の中で腑に落ちたのだ。

家族とは、こういうものなのかもしれない。これが正しいのかもしれない。そう感じていた。

物語の中で見る、〝一般的な家族〟に近い定義ができそうな雰囲気である。

同時に、今まで咲楽が家族と呼んでいた社会集団は、なんという名をつければいいのだろう。と、疑問に思う。

血の繋がりのある人間よりも、魔者のほうが家族のような気がしてくる。これは、なんだろう。

家族ごっこ。

家族のような振る舞いをしているだけに過ぎない。

でも、どうしようもなく心地がよかった。ぬるま湯のような居心地だ。

「鴉さんには、家族はいないんですか？」

「え？　変なこと聞くね？」

「す、すみません」

「怒ってないよ。そんなの聞かれると思ってなかったからさ」

「そうなんですか？」

愛実は狐とのクオーターだった。つまり、魔者と人間の血を引いており……魔者にも家族がいる。だから、咲楽はなんの疑いもなく聞いたのだ。

「家族ねぇ……血族という意味なら、魔者にも、たいていいるよ。もちろん、唔にも。子供のようなものがいた時期もあるし」

「お、お子さん……」

「うん、まあ。汝たちの家族とは、ちょっと違うと思うけどね。別に子育てとかしたわけじゃないし、唔の子は生まれたときに巣立っていったからさ。ああ、狐みたいに動物の社会集団のように過ごす魔者も多いから、種《しゅ》によるんじゃないかな？」

「そういうものなんですか」

「そういうものだよ」

「ちなみに、お子さんがいたってことは、奥さんも？」

「人間の言葉では、そうなるのかな？　そりゃあ、いたよ。奥さん」

「お子さんや、奥さんと一緒に住まないんですか？」

そう聞いたあとに、自分に違和感を覚える。

家族から無視され、逃げるように常夜へ来た咲楽に、この質問をする資格はあるのだろうか。だが、発してしまった言葉は取り消せない。

「一緒に住もうにも、もういないんだよ」

「え？」

「退魔師に消されたって聞いたからね。子供のほうは二十年くらい前かな。奥さんは、いつだっけ。もうちょっと前だったと思うね。唔の耳に入ったのが、その時期というだけの話だから、もっと前に消されたのかもしれないけど」

咲楽は言葉を失ってしまう。それなのに、鴉はまるで他人事であった。

「あ、あの」

「ん？　どうしたの？」

鴉があまりにもいつもどおりなので、逆に咲楽が口ごもってしまう。

怖い。たぶん、今の感情は、こうだ。

咲楽は退魔師である。退魔の力はない。だが、もしかすると、鴉の妻や子を祓ったのは、親族かもしれなかった。咲楽の生活圏で、他に退魔師の家など聞いたことがない。

急に怖くなった。

鴉が咲楽をどう思っているのか――。

「もしかして、気にしてる？　ああ、いいよ。だって、そんなに関わったわけじゃないし。何十年も前の話だよ」

「でも」

「こうやって、一緒に暮らしたわけじゃない。互いの利害が一致して、一時を過ごして、子孫を残しただけさ。そりゃあ、思ったより早めに子がいなくなるのは、ちょっとばかり残念だけどさ。また作んなきゃいけないし」

そもそも魔者、特に鴉の場合は人間とはまったく事情が違うのだと語る。人の生殖行動とも異なるし、家族として過ごす期間もない。ただの「過程」であると、鴉は咲楽に説明した。

だが、咲楽は内容の半分も頭に入っていない。

「どう言えばいいのかなあ」

鴉が嘴をなでている。彼は興味深いときにもその動作をするが、今回は違う。困惑しているのだと咲楽には伝わった。

「唔は咲楽がいなくなるほうが、たぶん寂しいと思うよ」

「え……？」

苦し紛れ。そんな風に出てきた言葉に、咲楽は心底驚いた。

「だって、こんな家族みたいなことしたの、咲楽しかいないんだもの。うん。きっと、咲楽がいなくなったら、ここは寂しくなるはずだ」

次いで、鴉は部屋の中にあるものを指さしはじめる。

「あれは、咲楽が希望して買った時計でしょ？」

「それは、咲楽と一緒に食べるために買ったお皿だ」

「このテーブルだって、咲楽が来たから捨ててあったのをなおしたんだ」

「そういえば、マグカップを買う約束をしたね」

そんな風に述べながら、鴉はやはり嘴をなでていた。

まだ困っている。どうして困っているのだろう。

答えは簡単だ。咲楽がずっと困った表情のままだからだ。

「生きている商品なんて初めて置いたから、最初はちょっと投資が面倒かもなあって思ってたけど。ああ、ごめんね。この間は気にするなって言ったけど、実はちょっとだけ面倒だったんだよ。でも、咲楽は想像以上に働こうとしてくれるし、ごはんもおいしい。物覚えがいいのが好ましい。すごく無愛想だったけど、近頃はそれなりに慣れて愛嬌も出てきた。実は常連からの評判も悪くない。もう少し手をかけるのも、いいかなって」

鴉には珍しく、とりとめがない。話の終着点が見えにくいと感じてしまった。

「だから、今、唔は別に寂しくないよ」

鴉はそう言って、強引に話をまとめてしまう。少なくとも、咲楽にはそういう風に見えた。

それきり、鴉は黙って食事を続ける。おそらく、咲楽が話しかけないからだと思うが、その沈黙が妙に重く思えた。

「ごちそうさま、おいしかったよ。咲楽」

立ちあがった鴉の様子は、すっかりもとどおりだった。

頃合いを見て、咲楽は鴉に内緒で出てきてしまった。

本当によかったのだろうか……。

咲楽は自問した。けれども、女郎蜘蛛との約束を破るのも忍びない。適当な理由をつけて、お店を抜けてきた。昼食の時間より前には、戻ってきたい。

今日は定休日でお客さんは来ない。最初は魔者のお店に定休日があるのかと思ったが、この日を使って鴉は採集した薬草の精製に専念するのだ。普段、なかなかに客入りがよくて、あまり作業が進まないためだと言っていた。この日は、咲楽にはやるべき仕事がない。

「咲楽。あまり遠くへは行かないでね」

「は、はい」

こっそりと抜け出すつもりだったが、店を出るときに気づかれてしまった。それでも、鴉は咲楽を外出させてくれる。彼は咲楽を〝商品〟と呼んでいるが、あまり束縛しない。本当に、同居人のように接してくれる。

そそくさと鴉の店を出て、咲楽は女郎蜘蛛に会いに行った。

「遅い！」

「す、すみません」

昨夜、女郎蜘蛛に会った場所だ。

咲楽が頭をさげると、女郎蜘蛛は腕組みして顔を歪める。その仕草は魔者らしい不気味さがあったが、どこか愛嬌も感じた。

魔者たちは人間と違う価値観で生きている。鴉がその最たるものだ。同じ魔者でも、それぞれに考え方だって異なる。だが、彼らにも人間が理解できる部分があった。そして、共感もできる。

退魔師の家で育った咲楽には、今まで見えなかった世界だ。魔者たちがどのような存在か、考えもしなかった。

彼らは人間にとっての害悪で、自分たちはそれを祓う。退魔師の存在意義は、魔者の排除だ。現世にいる、すべての魔者を退ける役目がある。だから、退魔の力がない咲楽はおちこぼれであった。

だのに、実際はそうではない。

魔者たちには、個人の差があれど、感情や考えがあって動いている。彼らは無闇に咲楽を襲ったりしない。今思えば、常夜へ来る前に癒やした魔者たちも、咲楽を襲ったりしなかった。もしかすると、感謝してくれていたのかもしれない。

そんな彼らを癒やす力を持った咲楽は、ここではおちこぼれではない。

もっと知りたい。

魔者たちを知りたいと思った。

そうすれば……彼らと共存だって可能かもしれない。

魔者たちは排除すべき存在ではないのだ。だが、一方で人間を襲う魔者もいて、退魔師の役割は必要だ。

実際に、咲楽は鴉と一緒に暮らしている。女郎蜘蛛だって、人間の男性に好意を寄せているではないか。

なにか方法はないのだろうか？

気がついたら、咲楽はそんなことを考えていた。

むずかしい。

実現がとてもむずかしい課題だ。自覚はあった。しかし、やれる。そのような確信もあった。けれども、自信はない。咲楽にそんな力はなかった。

今まで、考えてもいなかった。

「行くよ。この先にあの男の家に通じる門が開いているから」

女郎蜘蛛は言いながら、咲楽の肩に手を置いた。すると、シュウッと音もなく、体が縮んでいく。

あっという間に、肩のりサイズになってしまった。こうなると、普通の蜘蛛である。

咲楽は指示どおりに、先へ進んだ。常夜市とは反対側の方向。鴉が近寄ってはいけないと言っていた灰荒城が山の上に見えた。

「こっちは、行ったら駄目だって聞きました……」

「いいのよ。門は山の手前なんだから。山に入りさえしなければ、アイツも降りてこないから大丈夫なの」

「アイツ?」

「やだ、鴉から聞いてないの? 不用心なんだから……あ、門が見えた。早く行きましょ」

しばらくもしないうちに、門が見えてきたので、女郎蜘蛛の注意はそちらに移ってしまう。肩越しにゴクリと唾を呑むような音が聞こえてきて、緊張しているようだった。

なんとなく、話題を戻しにくい空気だ。

灰荒城が建つ山のほうを見あげる。鬱蒼《うっそう》とした木々が不気味だ。シンと静まり返っており、寂しいと感じた。

　辺りの静けさが、不安をかき立てた。

「向こう側はアパートよ。早くして」

「は、はい！」

　女郎蜘蛛に急かされて門を潜ると、そこはアパートの廊下だった。行き先がいきなり、人の居住区になっているとは思わず、咲楽は慌てて周囲を見回す。だが、幸い誰かに咲楽たちが見つかった様子はなかった。

　ほっと胸をなでおろす。

「あっちよ。今日は、例の女と会うらしいの」

　女郎蜘蛛がヒソヒソと告げる。

　咲楽は、そっと見つからないように階段をおりてみた。すると、階段の途中からちょうど男の人の後ろ姿が見える。

　女郎蜘蛛が肩で、「あ……」と声を出していたので、彼が例の男性なのだろうと当たりをつけた。

　グレーのダッフルコートと、ちょっとくたくたのジーパン。あまりお洒落に気を遣うタイプではなさそうだ。それでも、眼鏡の下の優しげな表情が印象的だった。

「いい人そうですね」

「ば、ばか言わないでくれる？　あの程度の男、どこにでもいるわ！」

印象を述べただけなのに、女郎蜘蛛は勝手にそんな言い訳をした。素敵な人だと褒めるのが、そんなにいけないのだろうか。

咲楽は更に階段をおりて、こっそり男性のあとを尾行する。アパートの入り口で、郵便受けを見ていたので、そこで彼の名前を鈴本《すずもと》と確認した。

鈴本は咲楽たちの尾行に気づかないまま、駅のほうへ歩いていく。途中で花屋に寄ったときは、たっぷりと時間をかけていた。どうやら、これから会う女性に渡す花を選んでいたらしい。

真っ赤で情熱的な赤い薔薇の花束だった。

「なによ、あれ。センスないわね……」

「そうでしょうか？　素敵だと思いますが」

「なによ！　あんなの、ベタすぎて重いって言われるに決まってるから！」

「花束が重くて持てない筋力の女性は、生活が心配ですね……」

「あんた、ふざけてるでしょ？」

「わたしは真面目です」

「やっぱり、あなた鴉に似てるって言われない？」

「女郎蜘蛛さんにしか言われないです」

咲楽は首を傾げるが、女郎蜘蛛はため息をつくばかりだ。魔者たちは理解もできるが、咲楽たちとは多少のズレがある。それはよくわかっているつもりなので、咲楽は流しておいた。

「そういえば、女郎蜘蛛さんは現世では、いつもこの姿なんですか？」

「まあね」

「わたしに頼まなくても、鈴本さんの衣服や持ち物に潜むこともできますよね？」

「…………」

咲楽が率直に述べると、女郎蜘蛛は言葉に困っている様子だった。

「あたい、女郎蜘蛛なのよ？」

女郎蜘蛛は人間の男の生気を吸う魔者だ。

人の女に化けて、男を罠にかける。そういう魔者であると咲楽は知識では知っていた。

「男に触れると、少しずつ生気を奪っちゃうの。触れずに部屋に同居するまでなら問題ないんだけど……移動する人間に触れないまま尾行するのは、むずかしいのよ」

それは女郎蜘蛛の性質だ。

少しでも鈴本の生気を奪わないように、彼女なりに一線を引いている。ゆえに、近づけない。

「わたしは女郎蜘蛛さんを誤解していました。女郎蜘蛛さんは、鈴本さんに好意を寄せているわけでも、興味を持っているわけでもないんですね」

「え？　だ、だから、そう言ってるでしょ！　別に、あたいはあんなダサい男のことなんて……」

「女郎蜘蛛さんは、鈴本さんをとても大切に思っているんですよね」

「な……ば……!?」

これまでの女郎蜘蛛の言動から、咲楽はそう結論づけるに至った。

女郎蜘蛛は、鈴本に興味を持っているだけではない。生気を吸わないために、距離を置いている。

それは自分本位な行動ではない。

彼女はきちんと、鈴本を思いやっているのだ。更に、彼のために動いている。これは相手を慈しむ行為である。

「わたし――」

咲楽は、自分の中に芽吹いた感情に疑問を覚えた。

なんだか、うらやましい。

羨望は、今までにも抱いたことがある。ずっと周囲から構われる双子の姉を、いつもうらやんでいた。そして、嫉妬していた。

たぶん、同じだ。

同じなのに、咲楽は……女郎蜘蛛に対して、神楽とは別の感情を抱いているような気がした。

どちらかというと、親から愛されて育った愛実に対して抱いた羨望に近い。

なぜだろう。

うらやましい。咲楽だって、そんな風に大切に思える相手がほしい。なのに……女郎蜘蛛は、咲楽と同じ気がするのだ。

絶対に手に入らないものに憧れている。

咲楽と女郎蜘蛛は、同一だ。

「あ……」

やがて、駅前で待つ鈴本のもとに、ひとりの女性が現れた。鮮やかなロイヤルブルーのコートが印象的で、華奢《きゃしゃ》な女の人だった。

とても綺麗で、そして可愛らしい。

鈴本は自分の後ろに花束を隠そうとしている。どう見ても、体からはみ出ていて、彼が真っ赤な薔薇を持っているのは明白だった。それでも、女の人が近づいてくると、彼は顔を赤くしながら花束をパッと差し出す。

女の人のほうからも、たぶん花束が見えていたはずだ。だが、差し出された瞬間に、表情を明るく変化させていた。パァッと笑う様は、なんだか花が咲いたようで可憐だ。

咲楽はこのふたりをよく知らないが、彼らが惹かれあった理由がなんとなくわかるような気がする。

「彼女さんも、いい人そうですね」

肩の女郎蜘蛛に話しかける。女郎蜘蛛の返事はなかった。

ただ、ふたりの様子をじっとながめているようだ。

今はただの蜘蛛の姿なので、表情はわからない。しかし、なんだか苦しそうだと感じてしまった。

「追いますか?」

待ち合わせを終えたふたりは、どこかへ移動するようだった。デートだろう。手を繋いで、仲睦まじい様子を見せている。

「いい……」

女郎蜘蛛の声は先ほどまでと比べて、沈んでいるようだった。静かで、落ち着いている。

「もう帰ってちょうだい。満足したから……」

「でも」

「いいの」

女郎蜘蛛の様子に咲楽は考えた。

このまま帰るだけでいいのだろうか。

早くしないとふたりが行ってしまう。その前に……。

「わかりました」

咲楽は女郎蜘蛛を手にのせる。

「すぐに戻ってきます。待っていてください」

女郎蜘蛛を近くの生け垣に放した。女郎蜘蛛は不安そうに「え？　なにする気よ！」と、咲楽を呼び止めようとしている。けれども、咲楽はまっすぐに鈴本のほうへ走った。

「…………！」

咲楽は仲よく歩くふたりに、後ろから近づいた。そして、少々わざとらしいかもしれないが、鈴本にぶつかっていく。演技経験などないので、半ばタックルのような形になってしまった。

「す！　すみません！」

「こ、こちらこそごめんね」

咲楽は、はっきりとした声で叫びながら鈴本から離れた。咲楽からぶつかったのに、鈴本はわざわざ謝ってくれる。後ずさりして、咲楽は女郎蜘蛛の待つ生け垣まで帰っていく。

ぶつかった瞬間、咲楽は鈴本のポケットにケサランパサランの綿毛を忍ばせた。本当は桐の箱に入れて保管しておくべきだ。だが、もしものお守りのつもりで、持ち出していたのだ。

綿毛は幸運のラッキーアイテムである。

咲楽よりも、あのふたりに必要なように思えたのだ。あれは咲楽の所有物なのだから、どうしたっていい。

咲楽の行為を見て、女郎蜘蛛はなんと言うだろうか。でも、きっと最後には「あなたの好きにしなさいよ！」と言ってくれると思う。

「お待たせしま――」

生け垣で待っている女郎蜘蛛に咲楽は手をふった。蜘蛛の顔は見えないが、咲楽を待ってくれている。

「炎武《えんぶ》――急急如律令《きゅうきゅうにょりつりょう》！」

一瞬のことだった。

まぶしい光のようなもの――炎がほとばしり、咲楽は思わず立ち止まる。爆発的な風と熱が生じ、目を閉じてしまった。

けれども、その風は咲楽の着衣や周囲の木々を揺らすことはない。なぜなら、それは退魔――魔者を祓う際に発生する力だからだ。

これを、咲楽は知っている。

術だ。

退魔師の術である。

そして、それを放った術者について、咲楽には見当がついてしまった。

見たくはない。

どうして、こんなところに。

そう考えると、咲楽はなかなか目を開けられなかった。だが、ハッと女郎蜘蛛の姿が脳裏を過る。

「女郎蜘蛛さん！」

咲楽の目の前には、炎が見えた。

中心で焼かれながら、女郎蜘蛛がもがいている。一瞬で焼け死んではいないが、苦しそうな女郎蜘蛛に、咲楽は急いで駆け寄った。

「しっかりしてください！」

咲楽は炎の中に手を差し入れる。

これは退魔の炎だ。焼けるような熱は感じるが、人間である咲楽を害するものではない。

「あ……っッ」

知識はあるが、やはり熱いものは熱い。守りの外套は衝撃に強いが、熱には効果がなさそうだった。

しかし、今すぐ助けなければ女郎蜘蛛は必ず死ぬ。このままでは、炎に焼かれて祓われてしまうだろう。

「………………！」

火傷《やけど》しそうだ。それなのに、咲楽の皮膚はまったく傷ついていないのが不思議だった。対して、女郎蜘蛛は苦しそうに暴れている。普通の蜘蛛なら、すでに焼け落ちているはずだ。

咲楽は灼熱の炎から女郎蜘蛛を救い出し、そっと手の中に包んだ。

酷い火傷である。

急速に、咲楽の体に真っ黒な穢れが流れ込んできた。ドス黒くて、冷たい感覚。炎の熱さと苦痛。なにもかもが一緒になって、咲楽の中へ蓄積していく。

愛実たちの穢れを吸ったときでも、ここまで酷くなかった。

これが、退魔師に祓われるということ。

魔者にとって、最も苦痛のある死だ。

その深淵をのぞき見た気がして、咲楽は恐ろしくなった。

「おまえは……？」

体が重い。だが、咲楽は顔をあげた。

ああ、やっぱり……。

そこにいた〝退魔師〟を、咲楽は知っていた。

「……神楽」

自分の双子の姉。

同じ日に生まれ、同じ家で育った。けれども、同じようにはならなかった。なれなかった。

自分とよく似た顔が、こちらを驚いた様子で見ている。

魔者を、自分の妹が救った。そんな理解できない事実を前に、驚いているのだと思う。

そして、失望しているのだ。

そんな顔だ。

でも、

「よかった」

「え？」

神楽の口から出た言葉は、咲楽の予測していないものだった。

「無事だったんだな……」

だから神楽は言いながら、前に出る。

逆に咲楽は立ちあがり、逃げるように後ずさった。

「心配していたんだ。学校にも行っていないと連絡があったし、アパートの管理人もしばらく姿を見ていないと言っていたから」

え？

どうして、そんなことを言うの？

咲楽の心は困惑で満たされた。

「どこへ行っていた？　大丈夫だったか？」

神楽が手を差し伸べながら歩いてくる。

声も口調も、高校へ入学するときに聞いたままだった。男勝りで、簡素な話し方だ。素っ気なくて冷たい声音。

なのに、今は優しい。

腕の中では、一命を取り留めた女郎蜘蛛が眠っている。咲楽は彼女を庇《かば》うように、神楽を睨んだ。

神楽は不思議そうに眉を寄せる。

「どうして、魔者を庇う」

「放っておいてください！」

つい叫んでしまった。

だって、今まで。

「わたしなんて、どうでもいいくせに！」

今まで、こんな風に話しかけたことなんて、なかったくせに。

今更、どうして。

差し伸べられた手を振り切るように、咲楽は女郎蜘蛛を手にのせたまま踵を返した。

穢れをためた倦怠感を振り払って、アスファルトの地面を蹴る。

「咲楽！」

どうして、今更、名前を呼ぶの。

今まで、ただの一度だって……呼んでくれなかったくせに。

第四章　在るべき場所

1

いつだって、そうだった。

「神楽、おいで」

いつも、そうやって名前を呼ばれるのは咲楽ではなかった。

自分とよく似た顔の姉。しかし、自分とは違って退魔師の能力がある。将来有望だと賞賛され、誰からも愛されていた。両親だけではなく、減少しつつある退魔師たちからの期待を一身に受けていた。

「どうして」

どうして。

咲楽は誰にも聞かれないように俯いていた。

その答えはわかっている。

咲楽には退魔の力などない。それどころか、備わっているのは、魔者を癒やす力である。それに気がついたのは、幼稚園のころだった。

退魔師としておちこぼれているだけではなく、真逆の力を持っている。これで、親類からの冷遇は決定的になった。咲楽にその力があると知ったときから、両親の態度も変わったと思う。

誰も、咲楽の名前を呼ばなくなった。

目をあわせてくれない。

そこに存在しないのと同じだ。

退魔師の世界は独特である。

世俗に混じりながらも、考え方は排他的だ。とても狭い世界で暮らしている。他の人々のように学校や会社に通って社会生活を送っていながら、独自のコミュニティーを持っていた。

そんな彼らにとって、咲楽はイレギュラーな存在だ。

減少しつつある退魔師の存続を脅かすかもしれない異分子だった。

咲楽は独りだ。

一般社会や法律に守られているだけ。だから、存在するのを許されているにすぎないのだ。

時代が時代なら、殺されていたかもしれない。

「…………」

咲楽がうらやましそうにながめていると、ときどき神楽があまり表情のない顔でこちらをふり返るのだ。

周囲がみんな咲楽を無視する中、神楽だけは咲楽を見ていた。

しかし、それは咲楽の望むものではない。

神楽は咲楽を憐れんでいる。彼女の視線には、そんな感情が込められている気がしたのだ。

そして、おそらく……こうも思っている。

――自分ではなくて、よかった。

なにかが違えば。

少しでも、なにかが違っていれば……咲楽と神楽の立場は逆だったかもしれない。そう感じると悔しくてならなかった。

神楽になりたい。

どうして、自分が神楽ではなかったのだろう。

それればかりを考えていた。

神楽だったら、こんな惨めな思いはしなかった。

神楽だったら、誰からも愛された。

神楽だったら、捨てられることなんてなかった。

神楽だったら——。

＊　＊　＊

「咲楽！」

追いかける神楽の声が背中に刺さった。

けれども、咲楽は足を止めない。女郎蜘蛛を手にのせたまま、アスファルトを蹴って走った。

話をする気はない。

今の咲楽は、ただ逃げているのだ。

なんのために逃げているのかと一瞬、自分の中で疑念が起こった。だが、すぐにこのままだと女郎蜘蛛が危険だからだと結論づける。

「今更……」

今更、あんな顔などしないでほしい。心配していたなんて嘘だ。だって、咲楽は捨てられた。穢れの浄化の仕方も教えられないまま、家を放り出されたではないか。

それが、今になって。

「咲楽」

名を呼ばれた。

しかし、この声は違う。

穏やかだが合理的で、余計な感情がなくて落ち着く。矛盾した側面を併せ持った声だった。

「鴉さん……」

咲楽の影が揺らめいた。

そこに、鴉がいるのだと理解する。

いつからいたのだろう。もしかすると、最初からかもしれない。鴉は咲楽と契約する際の条件を呑んでいる。咲楽を守るという約束を交わしたのだ。

考えている暇はない。

「助けて！」

咲楽は影に叫んだ。

その瞬間に、影が生き物のように蠢《うごめ》いた。

どろどろとした液体のような物体が影から起きあがる。それが腕となり、足となっていく。最終的に、人のような形へと変じていった。

鴉が姿を現す。鳥類の顔を持った、本来の姿だ。

彼は追ってくる神楽と対峙する。

「鴉天狗……!?」

鴉の姿を見た神楽が息を呑んだ。

神楽は右手に呪符を持ったまま、術をくり出す構えをしている。手が少し震えている気がした。

鴉天狗は魔者の中でも上位の存在だ。神楽は才能があると持て囃《はや》されていたが、それでも、まだ若い。鴉が自分にとって危険な存在だと察知しているのだ。

「どうしてだ、咲楽！」

魔者である鴉と、咲楽が一緒にいるのが理解できない。いや、女郎蜘蛛を庇った咲楽の行動も、神楽にとっては意味がわからないだろう。

咲楽は鴉の後ろに隠れる。庇護を求める子供のように。

その途端、神楽の表情が変わったのを、咲楽は見逃さなかった。

信じられない。どうして。そういう顔だ。

同時に、とても悲しそうだった。

咲楽はそれを見ないふりをし、鴉の後ろで女郎蜘蛛の残りの穢れを吸う。女郎蜘蛛は表情を和らげていった。火傷も癒えていく。

「炎武――急急如律令！」

神楽が呪符を投げ、術を放った。呪符は激しい炎をまとい、火の弾となって鴉へ迫っていく。

鴉は咲楽を後ろに隠すように立っていた。

鴉が軽く指を鳴らす。すると、身の丈ほどの長い錫杖《しゃくじょう》が現れた。

シャンッ、と。音が響いた。

火の弾がぶつかる瞬間、鴉は錫杖を手首でくるりと回した。途端、激しい熱を持って獲物を焼かんとしていた炎は、何事もなかったかのように消えてしまう。爆風のひとつも起きず、存在が消滅したかのようだった。

強い。

鴉は神楽よりも、強い。

彼にとって、神楽を退けるなど、赤子の手を捻るようなものだろう。

命を奪うのも、造作ない。

その差は歴然だった。

神楽がもっと熟練した退魔師なら……いや、無理かもしれない。

「鴉さん！」

咲楽は急いで、鴉の白い着物をつかんだ。

無感情で、表情の読めない鳥類の顔が、こちらを見つめる。発声はないが、「どうしたの？」と、聞かれているような気がした。

咲楽は言葉に迷う。

「……帰りましょう……」

ここはいいから、もう帰ろう。そう訴えた。

鴉は首を傾げながら、着物をつかむ咲楽の手に自分の手を添える。こんなときなのに、なんて温かいのだろうと、咲楽は思ってしまった。

鴉はいつもと変わらない。

「ああ、〝助けて〟って、そっちね。わかったよ」

鴉は納得した様子で、咲楽の手をにぎって立ちあがらせる。いつの間に、自分は座り込んでいたのだろう。それすら気づかなかった。

鴉の背で、翼が広がる。

真っ黒で、大きな翼だ。

「待て！」

飛び立つ瞬間、神楽の声がした。

声は無情に遠ざかっていく。

2

いつも、妹は自分から距離を置いて歩いていた。

「神楽、来なさい」

なぜか、両親は妹の名前を呼ばない。

自分――神楽の名だけを呼んでいた。それでも、結果的にふたりともついてくるのがわかっていたからだ。

咲楽はいつも離れたところから、こちらを見ていた。そして、誰もそれを不自然だと感じていなかった。

幼いころは不思議だったが、だんだんと〝そういう空気を周囲が作っている〟のだと察するようになる。

どうやら、咲楽には退魔の力がないらしい。それどころか、魔者を癒やす特異な能力がある。

だから、誰もが咲楽の存在はなかったかのように振る舞っているのだ。

衣食住を提供し、義務教育を受けさせ、現代社会における最低限の義務は果たしている。世間で騒がれる育児放棄や体罰とは、具合が違う。だが、確実に誰もが、咲楽の存在をないものとしていた。

異常だ。

そこで育っているはずの神楽でも、そう感じた。

けれども、誰も気づかない。当たり前だと思っている。

退魔師たちは社会に生きながら、隔絶された世界にいるのだと実感したのは、そのころだった。

「…………」

しかし、神楽にその空気を壊すことなどできなかった。

咲楽に話しかければ、自分の生活が奪われるのではないか。同じ目に遭うのではないか。その恐怖をどうしても拭えなかったのだ。

自分が、咲楽ではなくてよかった。

ほっとする瞬間がある。同時に、それではいけないという自己嫌悪が充満した。気持ちが悪い。こんな感情を抱えるのが、気持ち悪かった。

「咲楽……」

それでも、名前を呼んでみたことはあった。

布団の中で、小さくなって丸まっている妹。その様子が、咲楽の居場所のなさを表しているようだった。

顔は神楽とそっくりだ。

でも、全然違う。

神楽と咲楽は違うのだ。

咲楽が魔者を癒やすたびに、穢れがたまっていく。それは無限ではない。放っておけば、いつか、咲楽は穢れに呑まれて死んでしまうだろう。それなのに、誰も彼女にそれを教えていない。

神楽と咲楽は双子だ。

力の根源を共有することができる。

神楽の退魔師としての力が強いと評価されるのは……咲楽がいるからだ。咲楽との共有が切れれば、神楽など並の退魔師と変わらない。

将来有望など、嘘だ。

神楽は咲楽に支えられている。

ときどき考える。

咲楽の未来を奪っているのは、神楽なのではないか。双子の神楽が、咲楽から力を奪ってしまったのではないか。

証明のしようもない。

だが、考えてしまう。

眠っている咲楽の頬に手を添える。

咲楽は、また魔者を癒やしたようだ。穢れがたまっている。

神楽は自分に穢れを移すよう、力を込めた。こうやって穢れの所在を流すことで、咲楽への負担が減る。そのあとで、神楽は自らを清める術を使うのだ。

この方法は他人には使えない。力の根源を共有している神楽だけにできる。咲楽が自らを清める術を使えないので、現状はこうするのが最良だ。

どうして利にもならないのに、魔者の傷など癒やすのだろう。しかも、家の人間に隠れるようにして。

魔者に喰われるかもしれないのに。

喰われたいのか？

咲楽は、この家にいては駄目なのかもしれない。

居場所なんてないのだ。

そして、神楽は咲楽の居場所を求めるどころか……。

「咲楽と一緒に暮らしたくない」

中学二年になったころ、神楽はそう両親に告げた。彼らは困った顔だったが、結局、神楽の意見を聞き入れた。

咲楽は家を出るべきだ。

ここにいては、駄目になってしまう。

退魔師の才能がないのなら、別の道に進めばいい。

神楽の修行の妨げになるという理由で、咲楽を家の外に出すことにした。少し遠くに住んで、退魔師とは関係のない人々と一緒に過ごせば、咲楽もきっと考え方が変わる。

神楽にはできない、普通の生活を送れるのだ。

穢れは心配だが、この家を離れて咲楽の考えが改まれば魔者とも関わらないだろう。

それに、危険な状態になったら、力を共有する神楽にはわかる。

それがいい。

咲楽にとって、一番いいはずだ。

＊　＊　＊

「待て！」

鴉天狗と一緒に飛び立ってしまった咲楽に、神楽は叫んだ。

だが、咲楽はあっという間に、手の届かないところまで行ってしまう。見えなくなった方角に向かって、神楽は舌打ちした。

なぜ、咲楽が魔者と一緒にいるのだろう。

しかも、鴉天狗だ。魔者の中でも、上位種に入る。今の神楽では太刀打《たちう》ちできない。

そればかりか、咲楽は女郎蜘蛛を庇っていた。

無理やり連れ去られたわけではない。咲楽は咲楽の意志で、彼らと行動を共にしている。

学校やアパートから消えて心配していたのだ。死んでいないことはわかっていたが、こんな事態になっているとは思っていなかった。

魔者と一緒など……どうりで行方を追跡できなかったわけだ。

咲楽は常夜ノ國にいる。

魔者たちが住まう異界だ。

咲楽が失踪する直前、穢れがあふれた気配があった。そのとき、神楽は退魔の際に負った怪我で、三日も伏せっていた。すぐに様子を見に行けなかったことが、こんなに悔やまれるなんて。

「なにがあったんだ……」

咲楽。

どうして――。

＊　＊　＊

現世って、あんなにまぶしい場所だったんだなあ。

常夜に戻って、改めて実感した。もう何度か行き来しているのに……まだ咲楽が常夜に慣れていない証拠だろう。

ここは常に夜で、灯りは漂う夜泳虫くらいだ。月や星だって、気分で出たり出なかったり。

咲楽は今更のように、常夜ノ國とは寂しいところだと思った。

「咲楽、大丈夫？」

薬屋まで帰り、鴉が咲楽を椅子に座らせてくれた。

神楽から逃げたときから、ずっと鴉に抱えられていたのを、ようやく思い出す。

手の中を見ると、女郎蜘蛛が眠っている。死んではいないようだ。神楽につけられた火傷も、すっかりよくなっていた。

「へえ、これはすごいね」

安堵する咲楽の一方で、鴉は感嘆の声をあげていた。

「治りが早い。やっぱり、咲楽の能力は高いようだ」

「え、は、はい……」

鴉にとっては、女郎蜘蛛の無事よりも、能力の観察のほうが大事なようだ。最初となにも変わらない。彼はいつだって、そういう考え方だった。

女郎蜘蛛を、きちんとベッドに寝かせることにする。体は小さいままだったので、店にあるベッドを使った。鴉のもとにやってきた患者のために置いているものだ。たまに、鴉が仮眠に使っていた。

「咲楽は怪我してない？」

咲楽はなんの危害も加えられていない。だが、改めて体を見ると、手が少し擦り剝けていた。血がじんわり滲んでいる。今まで、気がつかなかった。

神楽から逃げるのに必死だったのだ。

「自分の怪我は治せないのも、難儀だね」

「そうですね……」

鴉が咲楽の手を見て肩をすくめる。

傷を洗い、常夜の薬草で作った薬を塗ってくれた。止血作用のある塗り薬らしい。

「これで蓋をしておこう」

「他の薬は、塗らないんですか？」

「汝《きみ》ら人間には、免疫があるんだろう？　このくらいだったら、それに任せたほうがいい」

へたに薬を塗ると、人間も魔者も治りが遅くなるんだ。そう言いながら、鴉は立ちあがった。

体の倦怠感が消えている。治療と一緒に、穢れを喰ってくれたのだと思う。

「ありがとうございます……」

「今日はごはん作らなくていいよ。休んでて」

「いえ、そういうわけには……」

大した怪我でもない。それに、穢れも喰ってもらったのだ。休むわけにはいかない。

「大丈夫だよ。ちゃんとカップラーメンにするからさ。あれも、案外おいしいよね」

「……そういうのは、あまり体によくないです」

「一日くらい、いいでしょ？　せっかく買ってあるんだし」

鴉の料理はまずい。しかし、今はそんなことを懸念しているわけではなかった。

咲楽は椅子から立ちあがり、鴉を追う。

けれども、鴉は咲楽をふり返って、掌を前に出した。

「さっきのは、誰？　咲楽のなに？」

神楽のことだ。

咲楽は途端に視線をそらした。

「あれは……わたしの、姉です」

どうせ、顔が似ている。言い訳なんてできなかった。

同時に神楽を思い出す。

咲楽が記憶していた神楽とは……違う気がした。

あれは本当に神楽なのだろうか。

神楽が本当にあんな表情をするのだろうか。あんな言葉をかけたりするのだろうか。

あんなに……。

あんなに、咲楽を心配しているはずがない。

だって……あんなの……初めて見た。

「唔《ぼく》には人間の姉妹なんてわからないし、咲楽についても、まだあんまり知らないんだけど」

鴉の声はいつもどおりだ。

それなのに、幾分かていねいに言葉を選んでいる気がした。

「唔には、咲楽が盗られるような気がした」

盗られる。

鴉はあのとき、そう感じたという。

それは、たぶん、神楽が咲楽を連れ戻そうとしているように見えた。という意味だろう。

盗まれるなどと表現するのは、あまり穏やかではない。いや、子供っぽいというべきか。

いずれにしても、恐ろしい感じがした。

鴉は合理的だ。だが、ときどき、とても利己的になる。

咲楽が「帰りたい」と言わなければ、おそらく鴉はあの場で神楽を……。

「咲楽」

鴉の真意はわかりやすいようで、読みにくい。魔者としての価値観と人間の価値観が違う以上、それは仕方のないことだ。

「帰りたい？」

現世へ帰りたいか聞いている。

どうでもよかった。消えてしまいたかった。だから、咲楽は常夜へ来たのだ。

なのに……向こうにも帰る場所があるのではないか。

そんな現状を突きつけられて……咲楽は、自分がどうしたいのかわからなかった。わからなくて、自分でも酷く困惑している。

帰りたいのだろうか。

帰りたいと言えば、鴉は帰してくれるのだろうか。

だが、今更、受け入れられなかった。

神楽が本当はどう思っているかもわからない。女郎蜘蛛を助けた咲楽を油断させたかったのかもしれない。それくらい計算高い発言だったのかも。

「わたしは」

常夜にいれば鴉が守ってくれるが、咲楽は希少な能力の人間であり、おちこぼれだが退魔師だ。危険も多い。まだまだ慣れない部分もある。

現世にいれば、咲楽は安全だ。

もう魔者と関わらない生活をすれば、咲楽が害されることはない。しばらく失踪していたので大騒ぎになるだろうが、学校にも戻れるだろう。一人暮らしのアパートだってある。

もしかすると、本当に神楽が心配しているかもしれない。

「わからないです」

答えなんて、出なかった。

なにもかもが唐突だ。

今、答えなど出せない。

「そっか」

鴉は短く言って、店の中に視線を移す。彼は淡々とした様子で、薬草の入った引き出しを開け、いくつか取り出した。

咲楽は、どうすればいいのかわからないまま見つめてしまう。

「はい。お茶にして飲んで」

やがて、鴉は数種類の薬を懐紙《かいし》に包んで渡してくれる。

「きっと、よく眠れるから」

「は、はい……」

ハーブティーのようなものだろうか。

咲楽は軽く懐紙の匂いを嗅いだ。

お茶のような上品な匂いと、ほのかな花の甘い香り。たしかに、飲んで寝れば安らげそうだと感じた。

「ありがとうございます……鴉さん」

咲楽を落ち着かせようと、鴉なりに気遣っているのだ。そう解釈して、咲楽は薬を快く受けとった。

「うん」

鴉は感情が読めない鳥の顔で、うなずいた。

たぶん、心配をさせている。

そう思うと、咲楽はやはり心苦しいのだった。

3

ふらふらと。

ぼんやりと。

ビルとビルの間のせまい露路に、赤い光が揺れている。

その光は、飛び跳ねているようにも……いや、実際、跳ねているのだ。ぴょーんぴょーんと、ゴムボールのように。しかし、いつまでも勢いを失わない。なぜなら、その光が生きているからだ。

神楽は物陰で息を殺していた。

右手に呪符を構え、頃合いを見計らう。

「雷羽《らいは》――急急如律令！」

呪符に術がのる。

力が雷へと変換されていった。術の感覚は体で覚えている。

雷をまとった呪符は光の速さで、神楽が思ったとおりの軌道を描く。そして、狙った獲物――送り提灯の行く手を阻んだ。

「なんだ、なんだ!?」

送り提灯は術に驚き、ぴょーんと後ろに跳ねる。

だが、神楽はそれを見逃さず、物陰から走り出た。

二枚目の呪符を送り提灯に突きつける。

送り提灯は逃げ場を失い、口のような裂け目をパクパクさせていた。

「アンタ、退魔師かよ!」

「そうだ」

神楽は呪符を突きつけながら言い放つ。

この程度の弱い魔者なら、すぐに祓える。

しかし、神楽には目的があった。

「送り提灯だろう? 私を常夜へ案内しろ」

送り提灯は人を導いたり、迷わせたりする魔者だと言われている。そして、常夜への案内人でもあった。

「嫌だと言ったら?」

問いに神楽は呪符を見せて返した。

送り提灯は怯えた様子で神楽を見ている。けれども、ハッとなにかに気づいた素振りをした。

「アンタ、もしかして……いいや、そっくりじゃあねぇかよ」

そっくり。

送り提灯が、誰のことを示しているのか、神楽にはすぐにわかった。

「私に似た人間を知っているな！」

神楽は送り提灯が逃げられないように、しっかりと捕まえる。送り提灯は抵抗して炎を吐くが、衣服に強化術を施してあるので、この程度を耐えるのは造作もない。

「案内しろ！」

「嫌だね」

送り提灯は頑《かたく》なであった。それどころか、神楽を睨みつけている。先ほどまでは、怯えていたのに。

「お前らが、嬢ちゃんをあんな状態で放っておいたのが悪いんじゃあねぇか」

「あんな状態？」

「穢れで、もう腕が落ちかけてやがったぞ。殺す気で放置しなきゃ、ああはならねぇ。それを今更、どうしようってんだ？」

神楽は眉を寄せ、耳を疑った。

「なん……だって……？」

たしかに、咲楽が消える前……穢れが強くなった瞬間があった。しかし、すぐによくなったのだ。

神楽は、あのときは魔者から受けた怪我で動けなかった。確認しに行けなかったが、問題ないと判断してしまったのだ。

そして、咲楽は消えた。

考えたくもない。

自分でも、顔から血の気が引いていくのがわかる。

あのとき。

神楽は行くべきだったのだ。

早く咲楽の状態を確認するべきだった。

同時に咲楽が魔者と一緒にいる理由も、なんとなく合点がいく。咲楽の処置をしたのが魔者だったのだ。手遅れになる前に。

彼女には魔者を癒やしてしまう力がある。それは、魔者にとって有用だろう。

神楽は頭に手を当てる。

自分は、なにをしていたのだ。

咲楽のためだと言いながら、みすみす手放して……結局、咲楽は魔者との関わりをやめなかった。家から離れ、ひとりで学校へ通っても、自分が消えるのを望んで魔者の手当てをしたのだ。

なにをしていた。

なにもできやしなかった。

なにをするべきだった？

「────！」

不意に強い風が吹いた。

「へへ、ありがとうさん」

神楽がとっさに目を瞑ると、手から送り提灯が逃げ出してしまった。神楽は送り提灯を追おうと──追う前に、動きを止める。

暗がりに、なにかがいた。

蠢いて、こちらをじっと見ている。

背筋が凍るような妖力を感じて、神楽はそこから一歩も動けなくなった。

第五章　それぞれの在り方

1

朝日はない。

いつもどおりの、常夜の朝だった。

咲楽は周囲に集まる夜泳虫を払い、目覚まし時計を止める。昼夜の区別がないので、時計だけが頼みであった。

今日もぐっすりと眠れた。悪夢を見ることのない、深い眠りだったと自分でも実感する。

「…………」

咲楽は、うーんと背伸びした。

気分がいい。

頭が冴えており、本当に爽快だった。

鴉に勧められた薬をお茶にして飲んだのが、よく効いたようだ。ここまで気持ちよくなれるとは思っていなかった。あとでぜひ、感想を伝えなければ。

「おはよう、咲楽」

そう思っていたところに、ちょうど鴉が顔を出した。寝床をのぞきに来るなんて、ちょっと珍しい。

「おはようございます」

咲楽はベッドから起きて、頭をさげた。

「昨日は、ありがとうございました」

「ぐっすり眠れた？」

「はい……おかげさまで、すっきりしました」

「そう。それはよかったね」

笑顔で返すと、鴉も笑っている気がした。

「あれ……」

頭が非常にすっきりしているのに、なにかが引っかかった。遅れて、昨日の出来事を思い出そうとする。

「そういえば、女郎蜘蛛さんは――」

一瞬、忘れかけていたようだ。女郎蜘蛛が心配である。酷い火傷をしてしまったのを覚えている。

「女郎蜘蛛はお店のベッドで寝ているはずだよ。昨日は大変だったよね。でも、咲楽がいてくれてよかった。ちゃんと火傷は治ってるよ」

「火傷、大丈夫だったんですね」

そうだ。咲楽が女郎蜘蛛の火傷を癒やしたのである。そこまで思い出して、一安心した。

「〝魔者同士の喧嘩〟で火傷するなんてね。人騒がせ、いや魔者騒がせだよ」

鴉にそう言われて、咲楽は「そういえば、そうだった」と昨日のことを思い返す。

「魔者同士でも喧嘩をするんですね」

「そりゃあ、するよ」

全身大火傷をした女郎蜘蛛を見たときは驚いた。けれども、咲楽の力が役立ったなら、それはよかったと安心する。

「コーヒー淹れてくれる？」

「わかりました。すぐに支度しますね」

鴉に言われて、咲楽はいつもどおりに台所へ向かう。

「今日もパンでよろしくね」

「はい、トーストですか？」

「うん、トーストの気分だね」

咲楽は朝食の準備をする。もう慣れた作業だ。

待っている鴉にコーヒーを淹れ、食パンにバターを塗って焼く。

鍋では野菜たっぷりのコンソメスープを煮て。そうそう。キュウリやパプリカを酢漬けにしていたのだ。ピクルスは初めて作るが……瓶詰めした野菜の味を確認して、咲楽は微笑む。

あとは……あと……朝食のプレートを見て、しばらく咲楽の思考が固まる。

いつもどおりだ。

パンにスープ、サラダがある。コーヒーも忘れていない。鴉のトーストも一口大に切った。

それなのに、なにか足りない気がした。

なにが足りないのだろう。

ここには、全部そろっているのに。

「咲楽」

「…………！」

急に声をかけられて、咲楽は肩を震わせた。

単純に驚いたけれども、それ以上に……背筋が寒い。

「冷めちゃうよ」

「そうですね」

鴉が言いながら、プレートを食卓まで運んでくれる。咲楽は自分の分を持ちながら、もう考えるのをやめた。なにか足りなければ、たいてい鴉から「いつものあれがないけど？」と、指摘される。

とりあえず、不備はないのだろう。

咲楽は安心して、食卓についた。

「おいしいね」

「いつもと変わらないですよ。手抜きですし」

「そうかもしれないけど。こういうのを口にするのは、いいことだと思う」

「たしかに……いい気持ちがします」

「それに、咲楽は手抜きって言うけど、唔《ぼく》はすごいと思うよ。これだけの品数を毎日きっちり用意するのは、とても面倒くさいじゃない？」

「学校もありませんし、鴉さんも急《せ》かしませんから……」

「でも、唔には好ましいよ。ありがとう」

「はい……」

褒められるのは、いい気持ちだ。恥ずかしくてくすぐったいけれど、これが悪い感情ではないのはよくわかった。

今まで、あまり褒められなかった気がする。それどころか、咲楽自身へ興味を向けられた記憶がない。

誰から？

あれ？

誰のことなんだろう。

「案内人が、今度、咲楽のごはんを食べたいって言っていたよ。呼んでもいい？」

「そんな……人を呼ぶほどの料理じゃないです。あ、人じゃないですけど……」

「謙遜しすぎだよ」

「普通の反応です。それより、案内人さんはいつの間にお店に来られたんですか？　わたしもごあいさつしたかったのに」

案内人が来たなら、教えてくれればいいのに。彼にはお世話になったのだ。危ないところを助けてくれた恩人のひとりである。穢れをためこんだ咲楽を、鴉のところまで導いてくれた。

「昨日、咲楽が寝ている間だったから……あいさつ、必要だった？」

「必要ですよ。案内人さんには、お世話になったんです。心配させてしまったら、申し訳ないです」

「彼は結構サッパリしてるから、そういうのはないと思うけどね」

「そう……たしかに、そうですね？」

でも、心配させてしまった。

あれ。

では、咲楽は最近、誰を心配させてしまったのだっけ？

「咲楽、コーヒーおかわりほしいな」

「あ、はい」

鴉がビーカーを差し出す。咲楽はそれを持って、再び台所へ戻った。

なにかが、変だ。

漠然とそんな不安がつきまとっていた。

なにがおかしいのか、まったくわからない。わからないことが、とても恐ろしく思えた。

どうにかしなくては。

でも、なにをすれば……。

「あ……」

いつの間にか、指先が震えていた。そのせいでビーカーを落としそうになってしまう。

どうにか耐えて、咲楽はほっとした。

「ちょっと」

どこからか声がした。

咲楽は辺りを見回すが、その存在を確認できない。だが、不意に頭上からおりてくる影があった。

「こっちよ」

目の前に糸を垂らして現れたのは、小さな蜘蛛。いや、女の上半身がついている。

サイズは小さいが、女郎蜘蛛のようだった。

「女郎蜘蛛さん。もうお怪我は、よくなったんですね」

何気なく声をかけて、咲楽はふと引っかかりを感じた。けれども、その引っかかりがなにか、わからない。

すると、女郎蜘蛛が少しむずかしい表情をした。

「あなた……」

「なんでしょう？」

咲楽が首を傾げると、女郎蜘蛛は言いにくそうに顔をそらした。だが、一本の糸でぶら下がっているだけである。すぐに、くるりと一回転して目があってしまった。

「あたいは……退魔師なんて嫌いよ。実際、焼かれて痛かったし」

「退魔師？　焼かれた？」

女郎蜘蛛は、なにを言っているのだろう。

そういえば……女郎蜘蛛は、どうして怪我をしたのだったか。ああ、そうだ。魔者同士で喧嘩したのだ。先ほど、鴉が言っていた。

あれ？

女郎蜘蛛が喧嘩をした相手は誰だろう。相手のほうは怪我をしていないのだろうか。

「でも、あなたはよくしてくれた。それに……あたいの失恋と違って、あなたはまだ帰れる。って、別にあたいは失恋なんてしてないんだけどねっ！」

女郎蜘蛛の失恋。

それなら、薄ら思い出せた。なのに、深く考えようとすると、頭がぼんやりする。

なにか、大事なことを忘れているのではないか。

なにを忘れてしまったのか——だが、それを思い出すのも恐ろしい。

「あたいは、鴉のやり口が気に入らない。それだけよ」

「鴉さんが、なにか？」

「あなたの姉。常夜に連れ込まれているわよ」

「姉……？」

誰だろう。

頭が痛い。

「姉……わたしの……」

「そう。あなたの姉よ。あたいを焼いた、あの退魔師」

咲楽には、姉がいる？

いるはずが——いや、いる。

そんな事実が、にわかに頭の中に浮きあがってきた。どうして、こんなにも大事な事実を忘れていたのだろう。

自分には、姉がいた。

どんな姉だ。

最後に見たのは、どこだ。

顔は、どうだった？

声は？

名前は？

思い出そうとすればするほど、自分の中から様々な情報が抜け落ちているのに気づく。

「姉が……常夜に？」

「そう。常夜にひとりでいるわ。喰われるのも時間の問題よ。他の蜘蛛たちが騒いでるのよ……魔者に追われて逃げ回っているわ」

咲楽は人間だ。そう。人間で、退魔師の娘である。

自分には才能がなかったが、姉の神楽は違った。魔者たちを祓う力がある。

それでも、退魔師が常夜にいるのが、どれだけ危ないか理解していないわけではない。

周りはみんな魔者なのだ。それも、退魔師に恨みを持った者も多い。

そんな環境で……いくら優秀な退魔師であっても危険だ。術を行使し続けて疲れれば、なにもできなくなる。

そもそも、常夜は魔者たちの住処《すみか》だ。現世よりも、遥かに力を発揮できる。普段は現世には現れない強い魔者だっているらしい。

だんだんと、抜け落ちていた記憶が鮮明になる。

姉の名前は神楽。

咲楽の双子の姉で、退魔師だ。


──心配していたんだ。


咲楽を心配していた。

今更……今更、現れて。

だが、そんな感情は、今は些事のように思われた。

神楽が常夜にいる。

それがどれだけ危険なことか、わからない咲楽ではない。

「咲楽」

背後からの声に、咲楽はふり返る。

もう、なにが起こったのか把握した。

誰の仕業かも。

「どうしてですか？」

怖い。

鴉が、ときどき怖い。

咲楽はずっとそう感じていた。

けれども、当たり前なのだ。彼は魔者である。人間にとって、脅威であるのは必然だ。

まっすぐに、鴉の顔を見あげる。

「唔は約束は破っていないけど？」

「そうですね」

鴉は咲楽との約束はなにも破っていない。咲楽を傷つけたわけでも、放り出したわけでもなかった。

嘘だってついていないのだ。

鴉は「よく眠れるから」と言って、薬を出してくれた。その効果は間違っていなかったのだろう。

ただ、言わなかっただけ。

神楽を常夜へ連れ込み、置き去りにしたこと。

咲楽に飲ませた薬に、記憶を消す作用があったこと。

それらを黙っていただけだ。

咲楽と交わした約束に、なにも反していない。

「でも……わたしは、今、鴉さんについて不安に思いました」

「不安？」

「鴉さんを信じられないです」

なぜ？　鴉は、そう問いたそうに嘴をなでた。

「どうして、わたしに黙っていたんですか？」

「どうしてって」

「わたしが嫌がるって、わかっていたんですよね。そうじゃなかったら、こんな卑怯《ひきょう》な方法は使いません」

「卑怯って……ふむ。そうかなあ。卑怯だった、かな？　そのほうがスムーズだと思っただけなんだけど。それに、常夜に来たがったのは、あの娘だよ？」

鴉は咲楽の言葉を理解しようとしているらしい。

自分のやり方を咲楽が容認しないのを、わかっていなかったはずがない。だが、そこに至るまでの行動や思考は〝無意識〟だったのかもしれなかった。

どこまで行っても、彼は魔者なのだ。

人間の咲楽とは異なる思想のもとに動いている。

「でも、そうしないと、咲楽が連れ戻されると思ったから」

鴉の答えは予想以上に稚拙《ちせつ》であった。

論理的なものの考え方で動く彼らしくない。幼稚で、わがままな理由だ。

わからない。

鴉のことは、なんとなく理解しはじめていたつもりだった。それなのに、こんなにわからない答えが出るなんて、思っていなかったのだ。

「咲楽、どうしたの？」

よほど咲楽がむずかしい顔をしていたのだろう。鴉が心配そうに首を傾げていた。だが、それさえも今の咲楽にはどう反応すればいいのかわからない。

「すみません……」

咲楽には、それだけしか発声できなかった。

台所の入り口に立つ鴉を押し退けて、足早にその場を去る。鴉が呼び止めた気もするが、あまり耳に入らなかった。

「どうすんのよ⁉」

肩に女郎蜘蛛がのっていた。

咲楽は答えずに、そのまま薬屋を出る。というよりも、女郎蜘蛛の質問に対する答えを、咲楽は持ちあわせていなかったのだ。

神楽は……嫌いだ。

けれども、こうせずにはいられなかった。

2

常に夜がはびこる魔者の世界。

光は宙を漂う謎の光源が頼りであった。星はなく、月も見当たらない。

神楽はぼんやりと、光源を見つめる。その中心に、小さな虫の姿を認め、「これは蛍のようなものなのだ」と理解した。

浅い呼吸をしながら、肩に負った傷に清めの呪符を貼った。気休めだが、人間の匂いを薄めることができる。血に誘われて現れる魔者は多いのだ。

——こっちだよ。

常夜への門を探していた神楽の前に現れたのは、黒い影だった。背筋に寒気が走り、ぞっとするような感覚は忘れられない。あれの正体は……おそらく、咲楽が一緒にいた鴉天狗だ。

そうして導かれた先で、影の存在は消えていた。

周囲は夜の闇に包まれ、光源は辺りに漂う不思議な虫だけだ。どこに行けば咲楽がいるのかもわからない。

ただ、人間の匂いに吸い寄せられるように、神楽の周りには魔者たちが集まっていた。彼らはなにもせず神楽を観察していたが、隙を狙っているようにしか見えなかったのだ。

先手を打って術を駆使して退けるが、次から次へと現れる。神楽が退魔師と知れると、連中はより過激に追い回してきた。そうしているうちに怪我をしてしまったが、肩だけで済んだのは不幸中の幸いか。

魔者たちにとって、退魔師は敵だ。

身内が祓われた恨みを主張する者もいた。自分が退魔師に傷を負わされた苦しみを訴える者もいた。しかも、現世と比べて、常夜のほうが力の強い者が多い。

神楽は構っていられず、彼らを退け、祓う。

だが、そうすると、ますます魔者たちは押し寄せた。

現世は魔者の領分ではない。退魔師に祓われて当然である。常夜という自分たちの世界がありながら、領域を侵した彼らが悪なのだ。そんな恨みを神楽にぶつけられても困る。

しかしながら、その理論は魔者たちも同じだろう。

常夜は神楽のいるべき場所ではない。異分子なのだ。排除されるべきは神楽なのである。

因果か。

神楽を常夜へ誘った影は、これが目的だったのだと悟る。常夜では、神楽は生きていけない。咲楽を見つけるどころか……すぐに魔者たちに殺されてしまうだろう。

逃げるように、山の道を駆けあがった。

木の根や石につまずきながら進むと、建物を発見した。

灰色で大きい。稼働していない工場のようであった。人間の姿は当然として見えなかったが、魔者がいる気配もない。そういえば、ここまでの道中には、魔者は現れなかった。今まで、あんなに襲ってきていたのに。神楽はここに隠れることにした。

それも、束の間《つかま》のことかもしれない。

神楽は傷口を押さえて、物陰に隠れるように座り込んだ。今のうちに休んでおかなければ、体が持たない。

「…………」

咲楽は、こんな世界で生きている。

魔者の庇護があるのだろう。そうでなければ説明がつかない。

想像もできなかった。

咲楽は常夜で、どうやって暮らしているのだろう。

思えば、神楽も咲楽も無口なのだ。必要最低限の会話も交わしてこなかった。咲楽がなにを考えているのか理解できるほど、神楽は彼女を知らない。

ただ、双子だ。言わなくてもわかりあえるような気持ちになっていた。

咲楽は自分が思っていたような妹ではなかったのかもしれない。

同時に、おそらく咲楽も知らないのだ。

神楽がどのような人間なのか。

――これくらいは、できなければ困る。

神楽に才能はない。

退魔師として将来を有望視する人間も多かったが……神楽はどうしようもない無能な

のだ。

天才などではなかった。

双子の妹と力の根源を共有しており、他人よりも魔力量が多い。その程度だ。図抜けたセンスがあるわけでも、技術が高いわけでもない。

それでも、退魔師は後継者不足だ。

年々、才能を持った子供の数は減っている。ほとんどの者が義務教育のみを終えて退魔師の仕事に就く。魔者を祓う仕事には危険がつきまとうし、普通の企業に就職したり、なにかをしたり、そんな一般的な社会生活もままならない。ゆえに、拒否する者も増えているのだ。

しかし、誰もいなくなれば、現世に魔者たちが跋扈《ばっこ》することとなる。

神楽に才能があれば、どんなに楽だったろう。

やっとのことで、退魔師として一人前に育った。だが、未熟……いや、限界がある。現に、あの鴉天狗には手も足も出なかった。常夜に来ても、ずいぶんと苦戦している。

咲楽を連れ戻すために常夜への門を探していたのに、この有様だ。

これでは首尾よく咲楽と会えても、なんの意味もない。

「――――？」

空を見あげると、光る虫たちの数が減っていた。

先ほどまでは、辺りが暗いと感じないほど漂っていたはずだ。それなのに、明らかに暗い。

逃げた？

直感だった。

「いい匂いじゃのう」

声が聞こえるのと同時に、神楽はその場から跳びすさった。

すると、もたれかかっていたドラム缶が破裂する。いや、真っぷたつに割れていた。

地面が抉《えぐ》れ、土埃があがっている。

肩に負った傷がズキリと痛む。動いたため、腕に血が伝っていた。

「……奴延鳥《ぬえ》」

目の前に現れた魔者の姿を確認して、神楽は息を呑んだ。

顔は猿、狸の胴体を持ち、大きな蛇の尻尾がうねっている。手足には鋭い虎の爪が光っていた。あの爪でドラム缶を裂いたのだろう。

かなり危険な魔者である。

奴延鳥は現世には出現しない魔者だ。もう存在しないのではないかとされていたが、常夜を根城にしていたらしい。

神楽にどうこうできる相手ではなかった。

「ここは我が城じゃ。灰荒城に来るなど、どのような愚か者かと思えば……人間の退魔師とは、また滑稽じゃのう」

猿の顔を持った奴延鳥が「キェッキェッ」と、不快な声で笑う。聞いているだけでもおぞましい。身の毛がよだった。

神楽は呪符を構える指先に力を入れる。

体が震えて、立っているのがやっとだった。

「餌が少なくて、退屈していたところじゃ」

奴延鳥は言いながら、足元のドラム缶を転がした。

そこには、動物の骨、否、魔者の骨のようなものがいくつも落ちている。今まで、薄暗くて気がつかなかった。

奴延鳥が喰ったのだ。

灰荒城と呼ばれるこの場所を訪れた魔者を喰っている。

同じ魔者であるはずなのに。それも、骨はひとつやふたつではない。幾重にも重なっている。

魔者同士の争いはあれど、このような例は聞かない。これは特殊、いや、異常だとわかる。

ここは奴延鳥の狩り場、もしくは縄張りなのだ。

だから道中、魔者がいなかった。

魔者たちは奴延鳥を恐れて、この場所に近づかないのだろう。そうとは知らずに、神楽は迷い込んだのである。

「えん……」

神楽は震える手を押さえ、呪符をかかげた。

「炎武——急急如律令！」

力を呪符へ流し、術を形成した。

呪符は瞬く間に炎で包まれ、奴延鳥に向けて飛んでいく。

術を成した時点で、呪符はただの紙ではなくなる。物理的な法則を無視して、火炎弾となって一瞬で投げつけられるのだ。

神楽はその軌道を確認しないうちに、地面を蹴る。

奴延鳥の相手など、神楽にはできない。気をそらし、逃げるしかなかった。

「浅はかよのう」

聞いているだけで禍々《まがまが》しい。

そんな声が、頭上から。

奴延鳥は神楽の真上に跳躍し、あっという間に前方に降り立った。

「う……」

風が立ち、枝や木の葉が舞いあがる。それらと一緒に、乱雑に置かれていたドラム缶も飛んだ。

奴延鳥は浮きあがったドラム缶を、蛇の尻尾で薙《な》ぐ。

ドラム缶はアルミのようにたやすく歪みながら、神楽へ目がけて飛んでくる。

ひとつ目をなんとか避けると、もうひとつ。

まるで、戯《たわむ》れのようだった。

遊ばれている。甚振《いたぶ》りながら殺す気なのだと悟った。

悟った途端に、神楽は崩れるように地面に膝をつく。

相手にもされていない。

神楽は仕留めるに値しないのだ。もてあそんで、玩具《おもちゃ》にされて殺される。

「よい顔じゃ」

奴延鳥が、「クックックッ」と喉を鳴らしている。

奴延鳥は爪でドラム缶を転がし、次はどこへ投げようか思案しているようだった。神楽を一撃で殺さず、できるだけ長く生かすつもりである。

ドラム缶が宙に放り出された。放物線を描いたそれは、神楽のほうへと飛んでくる。

避けなければ。

直撃するとわかっていても――いや、それも無駄だと理解している。

神楽はその場から動けないまま、ドラム缶の軌道を目で追った。

「神楽！」

絶望的なのに。

聞こえたのは不気味な嘲笑ではない。

自分の名前を呼ぶ、一筋の光のようだった。

＊　＊　＊

「あなた、正気なの!?　灰荒城よ!?　あんなとこ行ったら、死ぬわよ！」

肩で女郎蜘蛛が咲楽を罵倒していた。だが、咲楽は聞く耳を持たず、山道を走る。

「でも、この先に神楽がいるんですよね！」

蜘蛛は女郎蜘蛛の配下だ。配下の蜘蛛から糸を通して、女郎蜘蛛は情報を得ている。彼らの糸は常夜中に張り巡らされており、ネットワークを築いている。

現世では妖力が弱まるため、存分に発揮できない。だが、常夜での女郎蜘蛛は『情報屋』とも呼ばれている。

「そうは言ったけど……駄目よ。灰荒城には奴延鳥がいるの！　あきらめなさい！」

「奴延鳥……」

女郎蜘蛛は咲楽の耳元で叫んで主張した。

奴延鳥は、もはや伝説でしか語られない魔者だ。しかしながら、大変強力な魔者だと咲楽も記憶している。近衛《このえ》天皇の時代に平安の都に現れ、源頼政が討ち取ったという伝説が残っていた。題材にした小説を読んだばかりだったので、特に印象的だ。

鴉が灰荒城に近づくなと言っていたが、そういうことだったのだと理解した。

「じゃあ、ひとりで行きます」

「それも駄目よ！」

「どうしてですか。危険なら、女郎蜘蛛さんは帰ってください」

「それも嫌よ！」

「でも、危ないですし……わたしはひとりでなんとかします」

「もう……引き返せって言ってるの。見くびらないでよ。あなたは、あたいを助けたのよ！　見捨てられるほど、あたいだって落ちぶれてないんだからね！　だから、一緒に引き返すの！」

「ありがとうございます……でも、それは無理です」

「だーかーらー！」

そのあと、女郎蜘蛛はグダグダと咲楽を説得する言葉を述べたが、結局、おりなかった。咲楽の肩にのったまま、一緒に灰荒城までの道を進んでくれる。

闇の向こうから、キェッキェッと、不気味な鳴き声が聞こえた。なにかが崩れる大きな音も一緒である。

「やだやだやだ。アレ、奴延鳥よ！」

「あれが……奴延鳥さんの声ですか。教えてくれて、ありがとうございます」

「ここは気味悪がって引き返すところでしょうよ。なんで、覚悟決まった顔してるのよ。あなたばかなのかしら!?」

「少なくとも、教師からばかという評価を受けたことはないです」

「そういうことが言いたいんじゃないわよ！」

咲楽はなにもできないおちこぼれだ。

けれども、ここでは——常夜では力がある。

なんとか、魔者を癒やす咲楽の能力で奴延鳥と交渉できないだろうか。もう方法はそれしかないように思われた。

大嫌いなのに。

神楽なんて、どうだっていい。

でも……こんな風に死んでほしいとねがったことなど、なかった。

「神楽！」

姉の姿を見つけた瞬間、叫んでいた。

神楽は膝をつき、あきらめているように見える。

対峙するのは、奴延鳥だ。

膝をついた神楽に向かって、ドラム缶が投げられる。

「ああ！　もう！　しょうがないんだから！」

女郎蜘蛛が肩からおりた。途端に、彼女の体が大きくなる。

初めて出会ったときと同じ大蜘蛛であった。女郎蜘蛛は口から白い糸を吐き、前に飛ばす。

神楽が呆《ほう》けたようにこちらを見ていた。怪我をしている。

無抵抗の神楽を、女郎蜘蛛の糸がからめとった。

「…………っ!?」

女郎蜘蛛が糸を操ると、神楽の体は呆気なく宙を舞うように、こちらへ引き寄せられた。咲楽は神楽を受け止める。かなり勢いがついていたが、守りの外套が衝撃を緩和してくれた。

「女郎蜘蛛さん、ありがとうございます」

「しょうがないじゃない。一緒に来ちゃったんだから……この退魔師は大嫌いだけどね！」

文句を言いながら、女郎蜘蛛は素早く神楽の糸を切る。蜘蛛の糸から解放された神楽は、驚いた表情で咲楽と女郎蜘蛛を見ていた。

「どうして」

自然に出た言葉だった。

咲楽も予測していた問いだ。

「その疑問は……わたしが聞きたいんです」

だが、それはこちらのセリフでもあった。

どうして、神楽が咲楽を心配しているのだ。

どうして、常夜まで来たのだ。

どうして……どうして……。

でも、今は聞いている場合ではない。

「さ。逃げるよって……言いたいところなんだけどさ」

女郎蜘蛛が半ば落胆した声を出した。その理由は、考えずともわかる。

目の前に迫った脅威だ。

その存在に、咲楽は震えが止まらなかった。

奴延鳥は咲楽たちを、じっと見ている。蛇の尻尾が自分の意思を持っているかのように動く様が不気味だ。

ただ見られているだけなのに、圧力を感じる。鴉とは別の種類の脅威だと思った。

「餌が増えたのう」

猿の顔から、声が発せられた。静かなのに不気味で、まるで地獄の底から響く歌声のようだ。

交渉などできない。

直感的にそう思った。

だが、やらなければ。

「お邪魔して、すみません！　わたしは咲楽と申します。鴉さんの薬屋でお世話になっています！」

咲楽は緊張しながらも、奴延鳥に対して頭をさげた。

鴉からはすぐに謝罪するのはよくないと言われている。しかし、今は必要な場面だと感じたのだ。

咲楽の謝罪と自己紹介を見て、女郎蜘蛛がなぜか頭を抱えていた。

「あなた、そういうのほどほどにしなさいよね……」

「でも、まずはわたしたちを知ってもらわないと……」

「この場合は、そんなの別にいいのよ！」

一方の奴延鳥は、咲楽に興味を示したようだ。威圧するような空気が少しだけ緩まった気がする。

話を聞いてくれると直感した。

「此処《ここ》は我が縄張り。出ることは許さぬ」

「迷い込んだのは、わたしの姉です。本当に知らなかったんです。申し訳ありません。すぐに帰りますから許してください」

「なにゆえ、そのような要求が通ると思っておるのかえ？」

奴延鳥は聞く耳持たぬという態度で笑った。笑い声というよりも、奇声である。キェッキェッと、耳につく不快な声であった。

「魔者には魔者の道理があるものじゃ。帰りたいと主張するならば、その道理に従えばよかろう」

奴延鳥の顔がニタァッと笑みを描いた。口が裂けたように横へ広がって、鋭いギザギザの歯が見える。

残忍で陰湿。絶対に逃す気などない。自らの道理を通したければ、力で示せ。

言葉を継ぐ必要などなかった。

奴延鳥の足元には、いくつもの魔者の骨が転がっている。ここに来た魔者たちだろう。魔者同士なのに、奴延鳥は平気でもてあそび、殺しているようだ。

人間の退魔師である神楽を殺す道理はわかるが、魔者はそうではない。

常夜へ来て魔者たちと出会ったが、奴延鳥の行為は異常であると感じた。魔者の尺度でも常軌を逸している。魔者たちも奴延鳥を怖れていた。

奴延鳥は魔者のことも、憎い？

「…………」

咲楽は自分の影に視線を落とす。

「よいなあ、人間を甚振るのは……現世が懐かしい。昔はあちらが我が縄張りであった」

奴延鳥は目を細めながら、爪でドラム缶をもてあそんだ。

「それを……」

奴延鳥はなにかを思い出しているのか、ブツブツと独りごちながら、ドラム缶を爪で裂きはじめる。

鉄製の缶がたやすく細切れになっていく様に、咲楽は固唾《かたず》を呑んだ。咲楽たちの体を、こうやって引き裂くのも簡単だろう。

「……奴延鳥さんは……現世へ行けなくなったんですか？」

「そうじゃ！」

言いながら、奴延鳥は自分の後ろ足を示した。

今まで気がつかなかったが、奴延鳥の後ろ足には矢が刺さっている。呪符が巻きつけてあり、かなり古いもののように見えるが、今でもしっかりと機能していた。

おそらく、あれが枷《かせ》となっているのだ。

奴延鳥を現世に渡れないように封印している。

矢から流れる力によって、奴延鳥の体から穢れが流れ出ていた。これにより、奴延鳥は本来の力を発揮できないのである。

ここに封印されているのだ。

灰荒城を根城にしているのは、奴延鳥がこの場所から動けないから。現世に渡るどころか、呪縛されている。

「わたしには、魔者を癒やす力があります」

咲楽は前に出て、できるだけ胸をはった。

奴延鳥など怖くないという振りをしながら、一歩ずつ近づく。

「その封印、わたしなら外せると思います」

「ほお？」

背中に汗が流れた。

「咲楽。なにを考えてるんだ。あんなものが現世に渡ったら……！」

神楽が咲楽を止めようと、手をつかんだ。しかし、咲楽はあまり見ないようにしてその手を払う。

「現代の退魔師なんて、奴延鳥さんの敵じゃないですよね」

「当たり前じゃろう！　八つ裂きにしてくれる！　こんな封印さえなければ、人も、魔者も……すべて！」

奴延鳥に近づくたびに、緊張で震えそうだった。だが、そんな表情を見せてはいけない。

ここは夜泳虫が少ないようだ。奴延鳥がいるからだろう。影と闇が同化しているようだった。

奴延鳥は動かない。

咲楽は退魔師だが、魔者を癒やす能力を持っている。それが嘘ではないと、わかってもらえていると確信した。

そして、その能力が奴延鳥にとって有益であることも知っているようだ。

「おい、人間」

奴延鳥が不意に呼びかけた。

咲楽は内心の焦りを悟られないように、間近に迫った奴延鳥を見あげる。

奴延鳥はグッと身を屈めて、咲楽に顔を寄せた。

至近距離だ。

口を開ければ、このまま食べられてしまうかもしれない。守りの外套を羽織っているとはいえ、噛みつかれれば、咲楽にはどうなるかわからなかった。

「そこに、〝なに〟がおる?」

刹那《せつな》、奴延鳥が大きな爪を持った前足をあげた。刃と言っても差し支えのない爪は、咲楽を切り裂かんと、勢いよくふりおろされる。

「…………！」

咲楽はたまらず目を閉じた。

だが、なにも起こっていないのを確認して、おそるおそる瞼《まぶた》を開けた。

「咲楽って……本当、こういうことするよね。灰荒城には行くなって言ったのに」

奴延鳥の爪を受け止めていたのは、鴉だった。片手でヒョイと、簡単に持ちあげているように見えた。

咲楽の影から外へ出ている。片足を地面につき、もう片方も引き抜くように、影から抜け出た。

ずっと、咲楽には鴉がそこに潜んでいるのはわかっていた。

「唔は信用されていなかったんじゃなかったの？」

「すみません……でも、ありがとうございます」

咲楽の返答に、鴉は息をつきながら「危ないからさがってて」と、軽く手を振った。咲楽はおとなしく神楽たちのもとへ戻る。

「唔だって荒事は好きじゃないんだ。過度に力を見せつけたって、なにもいいことはない」

そう言いながら鴉が腕を払うと、奴延鳥が後方へ跳びすさった。非常に強い脚力である。風圧だけで転んでしまいそうだった。一緒に小石や粉塵が飛んでくるが、守りの外套のおかげで、怪我をせずに済んだ。

「なぜじゃ!」

奴延鳥は吠えるように叫び、鴉を糾弾した。その言葉は、女郎蜘蛛にも向けられているのかもしれない。

なぜ、魔者が人間の味方のような真似をするのか。

奴延鳥には理解できないようだ。

「なぜって、そういう約束なんだよ。この娘、賢いよね」

「なぜ……人なぞ……人なんぞ!」

「咲楽は人なんかじゃない」

鴉が軽く指を鳴らした。すると、なにもないところから、身の丈ほどの錫杖が現れる。

「うちの〝商品〟だからだよ」

錫杖がシャンッと鳴ったかと思うと、咲楽には視認できない速度で回転していた。更に、その柄《え》が奴延鳥の攻撃を防いでいるのだと理解するのには、もう少し時間を要してしまう。

そうしているうちに、次の動作に入るので、咲楽はなにが起きているのか把握するのをあきらめた。

今のうちに、神楽を女郎蜘蛛の背にのせる。女郎蜘蛛は難色を示したが、「仕方ないわね」と息をついた。

「なんで、魔者が……」

神楽の傷は深く、だいぶ消耗しているようだ。女郎蜘蛛を拒む仕草をしても、抵抗はできなかった。

「みなさん、よくしてくれます。いい魔者ですよ」

神楽に言い聞かせるように、咲楽はつぶやいた。

本当に。

咲楽が出会った魔者たちは、よくしてくれる者ばかりだ。コミュニケーションにややコツがいるが、それは人間が相手だって同じではないかと思うのだ。

ふと。

もっと、現世でもいろんな見方で人間に接していればよかった、と思った。

咲楽は自分への興味がほしかった。

関心がほしかった。

誰かから相手にしてほしかった。

注目されたかった。

それなのに、自分は他人への興味がなかったのだ。

神楽についても、そうだ。

自分が一番可愛い。嫉妬や憧ればかりが肥大して、神楽という人間を理解しようという気にならなかったのだ。

クラスメイトの名前が覚えられなかったのも、そう。

本当は、みんな咲楽を見ていたのかもしれない。現に、渡辺さんは咲楽の名前を覚えていたのだ。もしかすると、もっと話せたかも。

どうして、気がつかなかったのだろう。

「汝《きみ》は、どうしてそんなに荒れているんだい？」

鴉の錫杖が奴延鳥の前足を地面に押しつけた。先が槍のように刺さり、地面に縫いつけるような形だ。

「人も魔者も喰い荒らし、現世を望んでさ」

「黙れ、小童《こわっぱ》！　貴様に我のなにが……」

「わからないから、聞いてみたんだけど」

鴉はいつもと変わらない声音だ。

奴延鳥は奇声をあげながら、尻尾で鴉の胴を薙いだ。呆気なく鴉の体は吹き飛ばされるが、灰荒城の壁へぶつかる前に体勢を立てなおした。

指を鳴らすと、再び錫杖が現れる。今度は一本ではない。鴉の周囲を囲うように何本もの錫杖が出現していた。

「我のなにが……」

「こうなると、〝人の心が残っている〟ってのは面倒だね」

人の心が残っている？　鴉の言い回しに咲楽は疑問を覚えた。それは、誰を示すのだろう。鴉……ではない。奴延鳥？

「そろそろ」

鴉が合図した瞬間に、錫杖の先が一斉に奴延鳥に向けられる。

そして、弾丸かなにかのような速度で奴延鳥へ発射された。

無数の錫杖が奴延鳥の体に突き刺さっていく。傷口から血と一緒に穢れの気配があふれ出て、咲楽は思わず顔をしかめた。

「人なんぞ……！　魔者なんぞ……！」

奴延鳥の声が断末魔となって響く。その声は常夜中に亘《わた》っているのではないかと思われた。

「〝今〟は汝だって、魔者だよ。受け入れなきゃ」

「貴様に……貴様に、我のなにが……」

〝今〟は魔者。どういう意味だろう。そして、奴延鳥は、なぜこんなに悲しそうなのだろう。

奴延鳥の言動は人間も魔者も憎んでいる。どちらかに寄っているわけではない。

今の今まで気がつかなかった。

咲楽が気にしていなかったからだ。

「鴉さん、待ってください」

とどめの錫杖を投げようとした鴉を、咲楽は呼び止めた。

鴉は掲げた錫杖をおろし、咲楽をふり返る。

「あまり近づかないほうがいいよ」

前に進む咲楽に鴉が忠告した。

だが、咲楽は聞かない。

「あなたは……人間だったんですか……？」

錫杖が刺さった痛みで、奴延鳥は咲楽の言葉など聞いていないようだった。声は掻き消され、届いているかも怪しい。

　それでも、咲楽は問い続けた。

「あなたは、源頼政の母だったのではないんですか？　赤蔵ヶ池《あかぞがいけ》の伝説は真実なんですよね？」

　有名な奴延鳥の伝説だった。

　現在の愛媛県久万高原町、赤蔵ヶ池には頼政の母親が住んでいたと伝えられている。息子の出世をねがって祈祷したところ、奴延鳥に変じたという。

　奴延鳥は毎夜毎夜、雲にのって遠く離れた京の都に現れ、近衛天皇を悩ませていた。それを頼政が討ち取ったのだ。

　奴延鳥の伝説は自らを犠牲にして子の出世を叶えた母の物語でもある。

　諸説ある話だが、結びついたのは直近で読んだ小説の内容が影響しているかもしれない。

「真実……だと……？　頼、政……頼政……！　憎い……ああああッ！」

　だが……目の前で苦しむ奴延鳥は、そのような献身的な母の伝説とはかけ離れているように思えた。それでも、頼政の名前に反応して暴れている。

「赦せない……赦せぬ！」

　人間を恨み、魔者を蔑《さげす》み、訪れた者を喰らって過ごす。

　これが本当に奴延鳥の本性なのだろうか。

「話しあいを……しましょう。教えてください。奴延鳥さん」

咲楽は奴延鳥の傷口に手を伸ばした。

穢れに触れるだけで、体が怠くなりそうだ。これは鴉から受けた傷だけが原因ではない。やはり、後ろ足に刺さった矢。あれが元凶だ。


――赦せない。


気がついたら、穢れと一緒にあふれるような思念が流れ込んでいた。

たまらず目を閉じる。

すると、瞼の裏には知らない景色が映っていた。

咲楽が驚いて目を見開くと、目の前の光景はなにも変わっていない。どうやら、目を閉じると、別のものが見えるようだ。

咲楽は覚悟を決め、ゆっくりと再び目を閉じた。


――おやめください。おやめください……!

そこは、池だった。

木々に囲まれた自然の池だ。誰に教えられたわけではないが、咲楽はここが赤蔵ヶ池であると思った。

池の畔には、女性がふたり。

ひとりは浅黄《あさぎ》色の着物の女性だ。色や柄は地味だが、身なりが整っており、どことなく品がある。

比べると、もうひとりは身分が低そうだった。着るものも髪も乱れており、頬も痩せこけている。

——おやめください……助けて！

——いいえ、なりませぬ。

ふたりは主従なのだろうか。

主のように振る舞っていた女性が、突然、もうひとりを池に突き飛ばした。そして、這い上がろうとする女性の顔を水面に押しつける。

——生《い》け贄《にえ》を差し出して祈祷すれば、必ず、息子の……頼政の出世が叶うと神託がありました。その命を、おくれ。

ぞっとするような光景だ。

頼政の母を名乗る女性は、当然のように言い放ったのだ。一緒にいた女性を溺死させながら。

伝説と違う。もちろん、咲楽が読んだ小説とも。

咲楽の知らない物語だった。

これはまやかし？

それとも、真実？

やがて、息絶えた女性の体に穢れが集まっていくのを咲楽は感じた。

あれが奴延鳥の正体か。

咲楽には、顛末《てんまつ》を見届ける勇気がなかった。ちがう。結末を予測してしまい、目を背けたくなったのだ。

咲楽は目を開けて、流れ込む思念を断った。


——赦すものか。


咲楽が目を開けた瞬間。状況が変化していた。

奴延鳥が大きく口を開け、目の前に迫っている。

「これ以上は、ちょっと見ていられないかな」

奴延鳥の牙が咲楽に届く直前、鴉が前に立った。そして、次の一瞬にはもう勝負はついてしまう。

奴延鳥の首が落ちていた。

今この瞬間、奴延鳥は無抵抗の咲楽を襲おうとしたのだ。

そして、見守っていた鴉に首を落とされた。

あれは奴延鳥が見せた幻影だったのだろうか。それとも、強すぎる思念が流れてきたに過ぎなかったのか。

話しあいができたかもしれない。

あの光景――赤蔵ヶ池の幻を見たあとの咲楽は、そんなことを考えていた。

そもそも、あんなものは嘘で、咲楽を襲うための餌だったのかもしれない。咲楽に幻影を見せ、鴉を説得させるつもりだったのかもしれない。油断を誘って、皆殺しにするつもりだったのかもしれない。実際、奴延鳥は幻を見ている最中の咲楽を襲おうとしたのだ。

それとも、あれは真実の告発。奴延鳥の正しい記憶だったのか。

今はわからない。

確かめようがなかった。

「咲楽がそういう顔をするの、初めて見たかな」

シャンッと音が鳴ると同時に、奴延鳥や地面に突き刺さっていた無数の錫杖が消える。

奴延鳥の体も、まるで灰になるかのように、煙をあげながら消滅していった。

咲楽は自分の頬に流れていた涙を拭う。

そういえば……常夜に来てから、泣いたのは初めてだ。

いや、もう何年も泣いていなかった。

あきらめていたのだ。

誰かに期待したり、触れあったりするなど、あきらめていた。最初から期待しなければ、悲しみなどない。

「鴉さん……」

ポロポロとこぼれてくる涙を、咲楽は袖で拭った。けれども、一向に涙は止まらなかった。止まらないまま、時間が過ぎていく。

わかりあえたかもしれない。

おこがましいかもしれないが、咲楽は奴延鳥から流れ込んだ思念を見て、そう考えていたのだ。あれが嘘だとは思えなかった。完全なる幻ではないと信じていたのだ。

奴延鳥は人間だった。けれども、魔者にされたのである。他人の欲望を叶えるために生け贄にされた。望んでもいないのに魔者にされ、封印され……人間も魔者も恨んでいた。

人間だったのなら、話しあえたのではないか。

魔者であるなら、癒やせたのではないか。

そう感じてしまった瞬間に、涙が止まらなくなってしまった。咲楽にどうにかできると考える時点で自意識過剰かもしれない。どうにもならないからこそ、鴉は奴延鳥の首を落としたのだろう。

常夜へ来て、咲楽は他者の役に立てると思っていた。

だから、奴延鳥も……。

力不足だ。咲楽には、まだなにもできていない。

それが悔しくて――思い知らされて。

「……ありがとうございます」

「そういう顔で感謝されても、あんまり嬉しくないかな」

「はい……すみません」

「謝罪も、別にいいよ」

「はい……」

「帰る？」

「……はい。帰りましょう」

咲楽の前に、鴉がハンカチを差し出した。

3

鴉の店に帰ったあと、咲楽は鴉とあまり言葉を交わさなかった。

暇がなかったという理由もある。

神楽が常夜の薬を嫌がって、素直に手当てを受けてくれなかったのだ。なんとか、現世のドラッグストアで買えるもので応急処置をしなければならなかった。

神楽が眠って一息ついた頃合いに、「そういえば、今日、鴉はお店を開けずに咲楽を追ってきてくれた」という事実に気づいた。それだけではなく、神楽のために鴉は部屋まで提供してくれたのだ。そこに思い至るまで、時間がかかってしまった。

お礼を言わないと。

不安がないわけでもない。

当初、鴉は神楽を死なせるつもりで常夜に連れてきて放置した。それは咲楽にとっては許される行為ではないし、許していない。

けれども……結局、彼は神楽を救ってくれた。

咲楽の身の安全を保障するという約束があるからだ。結果的に、神楽をも救ったに過ぎない。

結果論だ。しかし、どういう過程であれ、鴉は神楽を救ってくれた。それは感謝しなくてはならない。

鴉なら、そう考えると思うのだ。

女郎蜘蛛は、咲楽が鴉に似ていると言っていた。あれは顔の話ではなく、考え方だと、ようやくわかった。

「鴉さん」

鴉は店の外にいた。

入り口の階段で、なにをするでもなく座っている。咲楽が呼びかけると、「え？　あ、咲楽。どうしたの？」と、いつもどおりの声でふり返った。

「今日は、ありがとうございました」

「それ、何回言う気なの？　もうお礼は聞いたつもりだったけど？」

「いいえ、これは神楽を助けてくれた分のお礼です」

「薬を渡したときに聞いたと思うよ。その薬は使わせてくれなかったけど」

「だって、お店を休業して来てくれたんですよね」

「そうだけど、魔者の店なんて気まぐれだよ。定休日を守ってるのなんて、ここらじゃあ、唔くらいだし。なんなら、年中休暇で数年に一回しか店を開けない連中だっている」

「そんな鴉さんにお店を休ませてしまって、すみません」

「もういいってば。そういう約束を最初に提示したのは、咲楽でしょ？」

「そうですね」

会話はおおむねいつもどおりだと思う。

毎日、同じようなテンポだ。最初にここへ来たころと比べると、ずいぶんと会話が続くようになった。

それでも、咲楽は気づいていた。

鴉は、先ほどから咲楽の顔を見ていない。

「改めて聞いてもいいですか？」

「なに？」

やはり、鴉はこちらを見なかった。

鳥類の顔面は焦点がわかりにくいが、そんな気がしたのだ。

「わたしの記憶……どうして、消そうと思ったんですか？」

ようやく、鴉が咲楽を見た。

怪訝。そんな表情だと思う。

「朝も言ったよね？」

「それは、神楽を常夜へ連れてきた理由ですよね？　わざわざ、薬を飲ませて、わたしの記憶を消した理由にはなりません」

「ああ、そうか。そういう……咲楽、最近だいぶ〝好ましく〟なってきたよね。なんでそんな意地の悪い言い方するの？」

「女郎蜘蛛さんは、鴉さんに似てるって言ってました」

「ふむ。おかしい……唔はこんなに意地悪じゃないのに」

「意地悪してるつもりはありませんけど」

「意地悪だよ。そんな答えにくい質問」

「答えにくかったんですか？」

それは悪いことをした。だが、聞いてみたかったのだ。

咲楽は、じっと鴉の言葉を待った。

「そうだなあ」

鴉は真っ黒な嘴をなでながら、困った様子だ。けれども、しらを切れないと悟ったのか、腕を組んで考えはじめる。

「唔は咲楽が、現世へ帰りたいって言うと思ったんだ」

「そんなこと、言っていませんでしたよね……？」

「言われていないけど、そうなるかもしれないって思った。咲楽は人間だし、向こうに帰りたいのかもなあ。無理に引きとめたら、たぶん嫌がるだろうなあって」

鴉の並べている文言は言い訳だ。

彼らしくもない。

「唔は咲楽がいないとちょっと損をするんだよ。まだ投資分の利益も返してもらっていない。おいしいごはんが食べられなくなるのも、損失だよね」

「つまり？」

「つまり」

鴉はじっくりと考えながら、言葉を選んでいた。だが、どうもしっくりこないらしい。

「唔は……咲楽をまだ手元に置いておきたいんだよ」

鴉はようやく、納得したようにうなずいた。

「手放したくない」

途端、鴉はすっきりしたようで、改めて咲楽の顔を見てくる。

一方の咲楽は、思ったよりもストレートな言葉に、視線のやり場を失った。こんなにまっすぐ告げられると……想像以上に恥ずかしい。

「まあ、そういう約束だったんだけどさ」

「約束を守る手段だったと？」

「行動の言い訳に約束を盾にとるのは、咲楽だけの特権じゃないよ」

咲楽のことを手放さない。これも最初の約束に含まれていた。それは、たしかにそうだ。その手段として、咲楽の記憶を消したという話なら、幾分か正当性があるはずだ。

なにせ、約束を持ちかけたのは咲楽なのだから。

「でも、咲楽は嫌がった。唔は汝が約束を破ったとは思わなかったけど……ちょっと考えてみたんだ」

「………………」

「咲楽は人間だし、現世にいるほうが自然だろう？　向こうに、誰も味方がいないってわけでもなさそうだ。改めて聞くけど、咲楽は帰りたい？」

その問いには、すぐに答えられそうになかった。

咲楽は本来、常夜にいるべき存在ではない。

鴉が守ってくれるが、やはり咲楽は異質なのだ。いつか綻《ほころ》びが生じるかもしれない。

今回のように、鴉の行動に納得がいかない場面が、これからもないとは限らなかった。

この関係は歪なのだ。

長く続けるには、歪んでいる。

いつか破綻するだろう。

「それは……まだわからないです」

咲楽のいるべき場所は、ここではない。

そんな話は、自分が一番よくわかっていた。

「でも——わたし、やってみたいことができたんです」

答えは明白。

なのに、咲楽には答えが出せなかった。

4

鴉の提案があったのは、神楽が来てから七日目のことだった。

「たまには、外食でもしておいでよ」

「え？」

鴉の口から、そんな言葉が出ると思っていなかった。いったい、どういう風の吹き回しだろう。

そもそも、外食とは。魔者のレストランだろうか？

「ほら。咲楽、朱莉君のごはんのほうがおいしそうって言ってたでしょ？」

いつも鴉から漢方を買い取っている朱莉は、レストランを経営している。そのために、鴉からトリュフも買っていた。

なるほど、朱莉の店なら納得だ。

「そりゃあ、朱莉さんはプロですから。わたしよりおいしいはずですよって話はしましたけど……」

「ここよりも、あの娘は落ち着くんじゃないかな」

ああ、そういう。

鴉の話を咲楽はようやく理解した。

傷を負った神楽を、咲楽の部屋で休ませていた。

しかし、神楽は常夜の薬を拒否するのだ。仕方なく、売るために取り置いていた漢方薬や、現世のドラッグストアで買った救急セットで凌いで回復に向かっているが……そろそろ、神楽を現世へ帰す頃合いだ。

処置が適切だったので感染症などは起こしていないし、傷はよくなっている。安静にしている時期は脱し、歩けるくらいに回復した。だが、そもそもここは神楽が落ち着ける環境ではないだろう。

「案内人に声はかけてあるから」

そう言って、鴉は咲楽の手になにかをにぎらせてくれる。常夜で掘ったトリュフだ。これを朱莉に渡して、外食してこいという意味だと理解した。

「鴉さんは？」

「唔は、留守番」

一緒に来ればいいのに。

鴉だって、朱莉の料理は食べたことがないはずだ。

「唔がいないほうが、咲楽も帰りやすいでしょ？」

「え……」

帰りやすい。

それが「ちょっと現世へ帰省してくる」という意味ではないのは、咲楽にだってわかった。

咲楽が望むなら、現世へ帰ってもいいということだ。

常夜へは、なんの荷物も持たずに来た。向こうに帰れば、咲楽がそれまで暮らしていた家財が残っている。

学校だって、まだ復学できるだろう。神楽の話では、住んでいたアパートもまだ家賃が払われているらしい。

「行っておいで」

神楽とふたりで。

「汝たち、あまり話してないんでしょ？」

鴉の言うとおりだ。

咲楽と神楽は、常夜へ来てからもあまり会話をしていない。怪我をした神楽には、当初、そんな余裕などなかったし、咲楽も看護で手一杯だった。最低限、咲楽の近況と常夜に来た理由は話したが、それについても、神楽は嫌そうな顔をするばかりで、じっくり話しあったとは言えない。

ゆっくりと対話する時間が必要だ。

咲楽と鴉だって、そうして距離を詰めてきた。

話さなければならない。

無口だった咲楽にそう教えてくれたのは鴉だ。

「あの、鴉さん……本当に、ありがとうございました」

咲楽は深く深く頭をさげた。

鴉は咲楽の恩人だ。なにもかもを閉ざしていた咲楽に、いろんなことを教えてくれた。

彼は咲楽の雇い主であり、同居人であり、親しい友人——いや、家族だ。

鴉は咲楽のお辞儀を黙って見てくれている。

今回は「何度、それ言うの？」とは聞かれなかった。


案内人が迎えにきたのは、正午より前だった。

「もう変なモン飛ばしてくるんじゃあねぇぞ？」

神楽の姿を見て、案内人が顔を歪めた。咲楽が神楽の顔を確認するが、「黙れ」と言いながらそらされてしまう。

「現世へ魔者が渡るのが悪い」

「はん？　俺っち、送り提灯なんですけどぉ？」

神楽が頑なすぎる。このままでは、喧嘩になってしまう。咲楽は仲裁のため、二者の間に入ろうとする。

「だが……咲楽を助けたのだけは褒めてやろう」

神楽は息をついた。不遜である。どう考えても、他者に感謝する態度ではなかった。

しかし、ずっと魔者を拒んでいた神楽にしては、譲歩した反応だと思う。

左腕は肩の怪我のため三角巾で吊っている。時折、痛そうに顔をしかめていたが、すっかり元気になったようだ。

「まあ、鴉からの預かりものだ。きちんと送るぜ」

案内人は不機嫌そうに言いながら、手招きした。手にした提灯の明かりが、導くように揺れる。

神楽は黙ってついていく。

咲楽も数歩進んで、後ろをふり返った。

夜泳虫が漂う、ぼんやりとした景色の中に鴉が立っている。見送ってくれているのだ。手は振らず、ただ咲楽たちを見ていた。

「…………」

咲楽も手は振らず、踵を返した。

お別れなど言っていない。

いらないから。

案内人の提灯を目印に、薄暗い道を行く。その先には、咲楽にとっては見慣れた門が見えた。最初は見分けられなかったが、今ではそこに門があるのがはっきりとわかる。

現世と常夜を繋ぐ扉である。

門の手前で、神楽が躊躇していた。これを通る人間は、そう多くはないだろう。警戒しているようだ。

「大丈夫です……」

咲楽も少し緊張しながら、神楽の横に立つ。

門を通るのが怖いわけではない。今まで話してこなかった双子の姉に話しかけるのが、怖かったのだ。

咲楽と神楽は、普通の姉妹のようには過ごしていない。

同じ家の中で育ってきたのに、まるで他人だった。

似ているのは顔だけだ。

「通ってしまえば……なんともないです」

咲楽は緊張を悟られないか心配になりながら、神楽の手をにぎった。神楽はびっくりしながら咲楽を見たが、抵抗はしない。

そのままふたりで、案内人のあとについて門を出た。

門を通った先は、どこかの部屋——いや、もう店の中だった。内装から、レストランだとわかる。

案内人は送り提灯だ。他の魔者と違って、門の行き先を好きに選ぶことができる。

「ほれ、着いたぜ」

案内人は言いながら、腰に手を当てた。その間にも、体がぐんぐんと縮んでいって、ボロボロの提灯の姿になる。こちらでは、やはりこの姿らしい。

「ありがとうございます」

「いいってことよ！」

案内人は、「じゃあ、あとでな！」と言いながら、常夜へ帰っていった。

「いらっしゃいませ！」

咲楽たちの入店に気づいて、見覚えのある笑顔が咲いた。

「朱莉さん……」

「いらっしゃい。咲楽ちゃん、ちょっと大きくなった？」

そんなことを言いながら、朱莉は咲楽の頭をポンポンとなでた。ついでに、隣の神楽の頭もなでている。

方言のイントネーションがやわらかくて親しげで、少しばかり安心した。

「この前、会ったばかりですし……そんなに身長は伸びていません」

「ほうなん？　ずいぶん、たくましくなったように見えるんやけど」

「体格も……変わっていませんけど」

「顔つきの話やけん」

朱莉は笑って、レストランの席にうながした。今日は特別に貸し切りにしてくれたらしい。

申し訳ないので、咲楽は先に鴉から預かったトリュフを渡しておいた。朱莉は上機嫌でもらってくれる。

「…………」

「…………」

咲楽と神楽はテーブル席に案内され、向きあって座った。

会話はない。

料理を待つ間、ただただ気まずい時間がすぎていった。

「あの……」

なにか話さないと。そんな急いた気持ちで、咲楽は口を開いた。

だが、ちょうど朱莉が前菜を持ってきたため、黙り込んでしまう。

前菜は大きめのお皿にふたり分盛りつけられていた。ピクルスやカプレーゼ、サラダ、フリッター、エスカベッシュ、生ハム、オムレツなどで飾られている。どれもキラキラと輝いていて、宝石みたいだった。

「おいしそうですね」

と、つい発して、口に手を当てる。

鴉との食卓のテンポで話してしまった。

咲楽はおそるおそる、神楽の顔をうかがう。

「……うん」

神楽は目の前に置かれた前菜を見て、硬い表情だ。

少しだけ微笑んだ気がする。こんな顔の神楽を見るのは初めてで、咲楽はどうすればいいのかわからなかった。

「おいしそうだ」

とりあえず、食べよう。そう思って、咲楽は前菜を取りわけようとした。

「あ……」

トングに伸ばした手が、神楽の手と触れる。タイミングがあわずに、お互い顔をそらしながら様子をうかがった。

「この前も言ったが」

神楽が自分の前菜を取りながら声を発する。咲楽はちょっと身構えて、姿勢を正した。

「なぜ、魔者なんかと一緒にいるんだ？」

神楽の物言いは簡素だった。だが、直接心に刺さるように響く。

咲楽は食事を食べる前に、心を整えた。

「案内人さんや、鴉さんは……わたしを助けてくれました」

「だが、魔者だ」

「人間だからって、みんな助けてくれるんですか？」

「…………」

人間だから、魔者だから。

区別する必要があるのだろうか。

常夜で暮らして、咲楽はそんな考えを持つようになった。

「わたし、穢れに呑まれそうになって死にかけて……それで鴉さんの薬屋でお世話になっているんです」

「……それは聞いた。本当に申し訳ないと思っている。だからって――」

「彼らは、わたしの先生なんです」

神楽は怪訝そうな表情で咲楽を見た。睨んでいる、と表現したほうがいいかもしれない。

神楽には、咲楽が理解できないのだ。

「わたし、いろんなことを教わりました。ずっと……不幸の殻にこもっていただけなんです」

咲楽はなににも目を向けようとしなかった。

家族に無視をされて悲しい。

誰からも相手にされなくて寂しい。

神楽がうらやましい。

周りと打ち解けるのが怖い。

ずっと、そう思って殻の中にこもっているだけだったのだ。

だから、気がつかなかった。

神楽が本当は咲楽を気にしていたことも。

心配してくれていたなんて、露ほども考えていなかった。彼女が咲楽を探して常夜へ行こうとするなど、想像していなかった。

こうやって話す機会がなかったからではない。

咲楽が……神楽を決めつけていたからだ。

神楽は咲楽を疎《うと》んでいると決めつけた。神楽を見ようともしなかったのだ。咲楽は自分が一番で、他人の存在を意識できなかった。

「鴉さんとは、毎日こうやってごはんを一緒に食べました」

「ごはん……？」

「ごはんを食べながら、一緒に話すんです」

「食べながら……」

鴉は表情がわからない。とにかく、最初は彼がどういう考えをしているのか探るので必死だった。

一緒にごはんを食べて、会話して、仕事を学んで、常夜を歩いて……そうやって、咲楽は鴉を理解していった。

それは生きるためだ。

常夜では必要だと理解して、一生懸命だった。

だが、本来は違うと気づいた。

当たり前なのだ。

咲楽が鴉と触れあうために行ったのは、誰もが当たり前にやっている、交流だ。

他人に興味を持ち、距離を縮めていく行為である。

咲楽は今まで、できていなかった。

他者を知ろうともせずに、自分をかわいそうだと嘆いているだけ。現状を打開するための行動を、なにひとつ起こそうとしなかった。

それだけの話である。

教えてくれたのは、鴉や周りの魔者たちだった。

彼らが魔者だから教えてくれたのではない。特別ではないのだ。人だって、魔者だって、同じである。

「わたし、魔者がみんな悪いとは思えません」

怖いと思う瞬間は、いくつもある。

奴延鳥のように、話しあえない魔者だっていた。咲楽や神楽を人間だという理由で脅かそうとする魔者だって当然いる。咲楽も鴉に守られなければ常夜では生きられない。

それでも、すべての魔者を〝悪い〟と断じてしまうのは違う。

「それは……退魔師の発言とは思えない」

「わたし、退魔師のおちこぼれですから」

咲楽には退魔の力などない。

だからこそ言える。

「わたし、学校へ戻ります。しっかり勉強して、人と魔者の架け橋になります」

ずっと考えていた内容を言ってみると、ずいぶんとすっきりした。

咲楽が笑顔になる一方で、神楽は眉間にしわを寄せている。

「架け橋……？　どうやって？　具体的に、なにをする気だ？」

「わかりません。とりあえず、偉くなる必要があります。単純に政治家とかどうでしょうか？　現世でも魔者がきちんと住める場所を作ってみたいです」

「はあ？　魔者だぞ！」

「もちろん、魔者にだって悪い方はいます。人間と同じです。そういう魔者が跋扈したから退魔師が活躍したという歴史は、わたしも理解しています。だから、これには退魔師のみなさんの協力が必要なんです。人間でいう警察のような役割がないといけません」

「そんな簡単に――」

「ですから、神楽にも……偉くなってほしいです。退魔師の中で、一番偉くなってください」

咲楽が言っているのは戯《ざ》れ言《ごと》だ。簡単に実現するものではない。

だからこその、おねがいだった。

決してひとりでは実現しない夢を、姉と一緒に叶えたい。

「退魔師だって改善が必要なんです。どんどん数も減ってしまっています。組織的に変えていかないと、いずれいなくなってしまう。それでは、たぶん駄目です。退魔師がいないと魔者とのバランスがとれません。共生するにしても、抑止力がなければ対等にはなれませんよね」

話しながら、咲楽は額に汗をかいていることに気がついた。こんなに長く喋るのは初めてである。

「それは……そのとおりだ」

咲楽の弁を聞いて、神楽は押し黙った。

退魔師が組織として破綻しつつあるのは共通の認識だ。なり手が減り、若手も育たない。思想は排他的で、咲楽のような異分子を保護する術もない。

このままでは駄目なのだ。

神楽も現状はよくわかっているようだった。

「でも、咲楽の提案には……今すぐに賛同できない」

「今はそれでいいです。わたしも、これから勉強して一番いい方法を考えますから」

そこまで言って、咲楽はようやく自分の皿に前菜を取った。

「ここのシェフの朱莉さんは、魔者と仲よしなんですよ。食材も買いとっています。他にも、似たような関係の人間がいらっしゃるって、鴉さんが言っていました」

モッツァレラチーズとプチトマトのカプレーゼを口に入れる。やはり、咲楽の料理などより、ずっとおいしい。

鴉も一緒に食べればいいのに。と、思った。

そんな風に思えた経験なんて、これまでない。教えてくれたのは常夜での生活だ。

「悪い魔者もいると思います。奴延鳥さんみたいに、悲しい魔者だって……でも、みんながそうじゃないです。きっと、仲よくしていけるはずです……人だって、いい人ばかりじゃないのと同じです」

不可能ではない。

咲楽はそう思うのだ。

人間だからと、無条件に襲う魔者ばかりではない。案内人や女郎蜘蛛、ケセランパサラン、猪頭……咲楽の出会ってきた魔者は、決して一方的に祓ってもいい魔者ではなかった。

咲楽が常夜で過ごした時間は短い。実は一ヶ月程度である。それなのに、これまでの人生で一番得るものが多かった。

「賛同はできない……でも」

神楽も前菜を一口食べた。

少しだけ、笑顔になった気がする。

「咲楽が……笑っているのが嬉しい」

「え？」

咲楽は自分の顔に触ってみた。

いつの間に、そんな顔になっていたのだろう。自分では気がつかなかった。

「きっと、おいしいごはんを一緒に食べているからですよ」

あっという間に、前菜を食べてしまった。

おいしい。

味もおいしいが……やはり、誰かと一緒に食べるごはんは、おいしいのだ。

双子なのに、神楽とこんな風に向かいあって食事をするのは初めてだった。

今まで意識しなかったが、咲楽はニッと自分の頬に力を入れる。満面の笑みを意識して作ろうとした経験など、これまでなかった。

うまく笑えているだろうか。

その顔を見て、神楽も戸惑いながら表情を返してくれる。

頬が歪に震え、口角がぎこちなくあがっていた。

鏡を見なくても、咲楽も同じような顔をしているのだと、なんとなくわかった。

終章　還るべき場所

1

黒板に白い文字が綴られる音。

静かなのに、どこか落ち着かない教室の隅は、ただただ普通の日常を刻んでいた。

咲楽は、ふと。

窓の外に視線を移す。

桜の枝についた堅いつぼみが膨らみ、花を咲かせる準備をしていた。

もうすぐ春だと告げている。だが、まだ窓の隙間から吹き込む風は冷たい。

「今日はここまで」

先生が宣言すると、数秒もしないうちに終了のチャイムが鳴りはじめた。この先生は、たいてい時間ピッタリに授業を終えるので、生徒の間でも評判がいい。

「阿須澄さん」

手早く荷物をまとめる咲楽に、声がかかった。

「渡辺さん」

　スッと相手の名前が出てきて、咲楽は表情を緩めた。あまりうまく笑える自信はないが、愛想は悪くないと思っている。

「帰りにタピオカ飲まん？」

「すみません……今日は、アルバイトがあって……」

「レストランの？」

「そうです……」

「わかった。じゃあ、来週は？　何曜日がええの？」

　渡辺に予定を聞かれ、咲楽は「うーん」と考える。カバンの中から手帳を取り出し、日付を決めた。咲楽はスマホを持っていないので、ここで決めておかないと先延ばしになってしまうだろう。

　咲楽は学校へ戻った。

　最初は行方不明だった咲楽が現れて、みんな驚いていた。思ったよりも心配していた人が多くて、申し訳なかったくらいだ。一部の人間は、「不良行為に走っていた」とか「ただの人騒がせ」とか、心ないことを言っていたけれど……それも、そろそろおさまりそうだった。

学校に戻って、咲楽は教室の見え方が違っていることに気づく。

クラスメイトひとりひとりの顔が見えるようになっている。

相手がどんな人物なのか、どんなものが好きなのか、自然と知りたいと思うようになっていた。

思っていたよりも、周囲は咲楽に興味を持っているのを知った。一方で、思った以上に、みんな咲楽を見ていないのもわかった。

咲楽もこのクラスの一員なのだと、はっきりと感じるようになれた。

それは周りが変化したわけではない。

咲楽が変わったからだと、今ならわかる。

「ところで、渡辺さん」

「なに？」

「タピオカってなんですか？　飲み物なんですか？　渡辺さんの好きなものなんですか？」

咲楽は矢継ぎ早に聞き、渡辺の前にズイズイ迫った。渡辺は「え？　まあ、うん？」と、ちょっとだけ困った反応だ。

「阿須澄さんって……なんか、面白いよね」

「……？　わたし、そんなに面白い顔でしょうか？」

「顔じゃないけん」

渡辺が笑いだしてしまったので、咲楽は釈然としないままだった。

とにかく、今日は朱莉のレストランでアルバイトがある。まだ新人なので、早めに行って仕事を覚えなくては。

咲楽は足早に荷物を持って教室を出た。

春が近いとはいえ、未だ冬の気温だ。吹く風が冷たく、マフラーで顔を半分隠して歩く。

「ママ！」

あの声は。

咲楽は何気なく、甲高い声のほうをふり返った。

仲のよさそうな母娘が歩いている。なにを話しているのか、よく聞こえなかったが、お互いに笑いあっていた。

荻野愛実。と、すんなり名前が出てくる。

以前に、咲楽が穢れを吸った母娘だ。

咲楽は自分の掌を見おろす。

自分の手には魔者の穢れを吸い、癒やす力がある。この力でたくさんの魔者を癒やしてきた。

咲楽は退魔師なのに。

退魔の力がない。

それでも、人の役に立てる道があると、咲楽は信じたかった。

2

アルバイトを終え、いつもの道を帰る。

朱莉のレストランを出て、ごちゃごちゃとした繁華街を抜けると、静かな夜の街だった。民家が増え、細い路地が連なっている。

咲楽は夜道を進んだ。

視界の先に、ポッと赤い提灯の光を見て、足を速める。

「すみません。ちょっと遅くなりました」

「まったくだってよ！　でも、俺っち、寛容だからな」

ぴょーんぴょーんと跳ねながら、ボロボロの提灯――案内人が笑う。彼は咲楽を先導するように、民家の細い路地を進んだ。

咲楽もあとをついていく。

誰も住んでいない、古い民家の門を通り抜ける。

すると、そこは現世ではない世界――夜が広がっていた。

常夜へ渡ると案内人は、赤い着流し姿の青年へと変じる。辺りに漂う夜泳虫の光によって、闇は感じない。

頭上を見あげると、今日は月が出ていた。三日月だ。

道の先には、ぼんやりと光の灯る建物が見えた。

倉庫のようなたたずまいだ。古びたコンクリートに蔦が這い、初見では誰も住んでいないのではないかと勘違いするだろう。

だが、咲楽は迷わず建物へ向かって駆けていく。もちろん、毎日送り迎えしてくれる案内人へのお礼は忘れない。

「ただいま戻りました」

ギィギィと音を立てる木戸を開け、咲楽は声をかけた。

乾いた薬草の匂いが漂う。様々な植物が吊されており、一見すると、なにがなんだかわからない店内である。これを管理できるのは、ひとりしかいない。

「おかえり」

店の奥に座っていたのは、真っ黒い鳥類の顔をした青年だ。穏やかな声音で言いながら、咲楽を迎える。

「すみません、遅くなりました。朱莉さんに、まかないをわけてもらったので……食べましょうか」

咲楽は学校のカバンから密閉容器をいくつか取り出して笑う。

昼間は学校へ行き、週三回程度のアルバイトをしている。毎日、案内人に送り迎えをしてもらいながら、家のある常夜から通っていた。そして、鴉の判断で咲楽の能力が必要なときは、客を店に待たせる約束になっている。

今日は、咲楽の仕事はないようだ。まかないの魚料理をもらって帰ったので、咲楽は手早く盛りつけることにした。あとは、サラダとスープを用意すればいいだろう。

この生活も、ずいぶんと定着しつつある。

「あのさ、咲楽。聞いてもいい？」

「はい、なんでしょう」

咲楽はサラダに使う野菜を吟味しながら返事をした。サニーレタスが少し古い。こちらから使うのがいいだろう。

「今更なんだけど、咲楽は……どうして、帰ってきたの？」

「……？　ごはんを食べて、寝るために帰ってきましたけど？」

「いや、そうじゃないよ。汝《きみ》、前から思ってたけど、焦点ズレてるよね」

「そうでしょうか？　あ、コーヒーいりますか？」

「うん。ちょうどなくなったから、淹れてほしいかな」

鴉の返答を聞く前から、咲楽は湯を沸かしはじめていた。たいていこの流れになるので慣れたものだ。

沸かした湯でインスタントコーヒーを溶く。朱莉の店では、コーヒーを豆から挽いて淹れている。今度、アルバイト代で器具をそろえてみようと思う。きっと、鴉も気に入る。料理も出来合いではなく、もっと本格的にしてみたい。

「はい、どうぞ」

ストローを差して、咲楽はテーブルにコーヒーを置いた。すると、鴉は作業をやめてダイニングテーブルまで移動してくる。

「で、わたしが現世じゃなくて、常夜に住んでいる理由ですか？」

「なんだ、ちゃんと理解してたのか」

「今更すぎませんか？」

「だから、今更って言ったでしょ？」

咲楽は学校へ戻ることにした。

けれども、鴉の薬屋に住む。

そう決めて薬屋に戻ったとき、鴉は特になにも聞かずに迎え入れてくれた。彼は咲楽に商品としての役割以外に、なにも求めない。学校へ行く間の店の手伝いも必要ないと言った。

「ほら、聞きにくいじゃない」

「鴉さんにも、聞きにくいことがあったんですか」

「あるよ。だって、咲楽があんまりにも普通に帰ってくるんだから」

「わたしが……現世に帰ると思ったんですか？」

「そう思っていたよ」

逆に問うと、鴉は嘴をなでる。彼は本当に「聞きにくい」と感じていたらしいと、咲楽は改めて確認した。

「鴉さんは、わたしを手放さないという約束をしてくれました。実際に、とてもきちんと契約に従ってくれています」

「そりゃあ、証人まで立てたんだ。あれ破ると、まあまあ痛い目を見るんだよ。説明しなかった？」

「初耳ですね」

「そうだっけ」

説明の必要がなかったので、そうしなかったのだろう。鴉は論理的で律儀だが、ときどき、そういうところがある。

「鴉さんが約束を守ってくれるのに、わたしのほうから離れるのは、ちょっと違うかなあと思って」

鴉は咲楽を手放さない約束をした。だったら、咲楽のほうから反故《ほご》にするのは、不義理だと思ったのだ。

それに、鴉は咲楽にいろんなことを教えてくれる。

人間だとか、魔者だとか。区別をつける必要はないのだ。鴉との生活で学んだことである。だから、咲楽は神楽と約束したのだ。いつか、魔者と人間が区別なく接する日が来ればいいと思う。

奴延鳥《ぬえ》の件で、咲楽は自分が無力だと思い知った。

ひとりではどうにもならない。

「わたしには、まだ……鴉さんが必要なんです」

咲楽はそれだけ言って、台所へ戻ろうと、くるりと鴉に背を向けた。

「あと、鴉さんはわたしと離れたくないと言ってくれましたので……」

小さな声でつぶやいて、台所へと歩く。

「咲楽、なにか言った？」

「今日のまかないは、おいしそうですよって言ったんです」

咲楽は鴉の問いを振り切って歩く。

制服の上着を脱ぎ捨てて、代わりにエプロンをつける。面倒なので学校カバンは足元に転がした。あとで部屋に戻るときに回収すればいい。鴉もその程度の怠慢は許してくれた。

もらってきたまかないをフライパンで焼く。オリーブオイルと香草に漬け込んだ白身魚である。朱莉に教えてもらった火加減に注意しながら調理した。

サニーレタスとアボカドのサラダに、ハニーマスタードのドレッシングをかける。スープはインスタントのクラムチャウダーで手早く済ませた。

すべての料理がプレートに並ぶのと、魚が焼ける時間が同時になるようあわせて作業をする。最初はこれが苦手で、温かい料理を冷ましてしまうこともあった。

焼きあがった魚を平皿に盛りつけ、完成だ。

「今日もおいしそうだね」

「そりゃあ、朱莉さんがくださった料理ですから」

「唔《ぼく》は咲楽の作るごはんも負けてないと思うけど」

「そんなはずないです。出来合いばかりですから」

鴉の言葉を受け流しながら、咲楽はテーブルに料理を並べた。

そして、ふたりで向かいあう。

「いただきます」

「いただきます」

ふたりで顔をあわせて食べる料理は、なんでもおいしかった。

あとがき

こんにちは。田井ノエルと申します。略してタイノエと呼ばれます。好きなものはカッコイイ女子。苦手なものは書籍のあとがきです。

このたびは、本作『おちこぼれ退魔師の処方箋〜常夜ノ國の薬師〜』をお手にとってくださり、ありがとうございます。

この作品は「とにかく好きなものを書きたい！」と飢えた作者によって錬成されました。人外&少女が書きたい。異界が舞台の幻想的な和風ファンタジーが書きたい。不幸な女の子を拾って育てる話が書きたい。なんか退魔師とか陰陽師とか書きたい。家族をテーマに書きたい——そういう願望を詰め込みました。誰にも刺さらなくていい。作者が好きなモチーフを集めて書き下ろしました。

誰かに必要とされたい。

とにかく生きにくさを感じる。

そんな想いも添えています。

出版にあたってお世話になったマイナビ出版ファン文庫の担当者様、ありがとうございます。何度もご迷惑おかけしました。この場を借りてお礼申しあげます。

表紙を担当していただいた春野薫久様、ＡＦＴＥＲＧＬＯＷ様。とっても美しくて作品の雰囲気にあった素晴らしい表紙になりました。ため息が出るほど幻想的です。ありがとうございます。

最後に読者のみなさま。たくさんある本の中から、自著をお手にとってくださってありがとうございます。これも数奇な巡りあわせだと感じております。ねがわくば、気に入っていただけますように。本当にありがとうございます。

田井ノエル

この物語はフィクションです。
実在の人物、団体等とは一切関係がありません。

田井ノエル先生へのファンレターの宛先

〒101-0003　東京都千代田区一ツ橋2-6-3　一ツ橋ビル2F
マイナビ出版　ファン文庫編集部
「田井ノエル先生」係